I0736897

Ians Gefühlschaos

Farraday Country ✤ Book Nine

CHRIS KENISTON

Indie House Publishing

Dieses Buch ist ein fiktives Werk. Namen, Charaktere, Orte und Ereignisse sind Produkte der Fantasie der Autorin oder werden in einem fiktiven Kontext erwähnt. Jegliche Ähnlichkeiten mit realen Geschehnissen, Orten sowie lebenden oder verstorbenen Personen sind reiner Zufall.

Copyright © 2023 Christine Baena
Print Ausgabe

Auszug aus „Jamisons köstliche Versuchung": Copyright © 2023 Christine Baena

Alle Rechte vorbehalten. Kein Teil dieses Buches darf in irgendeiner Form ohne die zuvor schriftlich erteilte Erlaubnis der Autorin vervielfältigt, gescannt, weiterverkauft oder an Dritte weitergegeben werden. Dies bezieht sich auf Druck, elektronische Medien, Fotokopien, Tonaufnahmen und Sonstiges.

Indie House Publishing

KAPITEL EINS

Es gab viele Dinge im Leben, die nicht gut waren. Tod, Steuern – und wie jetzt – die Reflexion blinkender roter und blauer Lichter im Rückspiegel.

„Ich hätte auf der Party bleiben sollen", murmelte Kelly Ann Morgan vor sich hin, während sie an den Straßenrand fuhr. „Blöde Füße." Trotz der Warnung ihrer Mutter hatte sie sich dafür entschieden, die sexy Slingpumps mit fünf Zoll hohen Absätzen zu tragen, die sie groß und etwas schlanker aussehen ließen, aber selbst nachdem sie sie vor zwei Stunden ausgezogen hatte, waren die Schmerzen nicht weniger geworden. Nachdem Finn und seine Braut den Empfang verlassen hatten, konnte sie nur noch daran denken, ihre pochenden Füße hochzulegen und ins Bett zu kriechen. Während die anderen noch die ganze Nacht durchtanzten, hatte sie die Schwester des Bräutigams davon überzeugt, mit ihrem Bruder mitzufahren, damit Kelly die Feier gleich nach den Jungvermählten verlassen konnte. Wenn ihre dummen Füße nicht wären, würde sie immer noch mit all ihren Freunden auf dem Hochzeitsempfang tanzen, anstatt mit einem Polizeiauto an ihrer Stoßstange am Straßenrand anzuhalten.

Sie durchsuchte ihre perlenbesetzte Clutch nach ihrem Führerschein, atmete beruhigend ein und ging den letzten Teil der Strecke in Gedanken noch einmal ab, während sie sich fragte, was sie falsch gemacht haben könnte. Mit dem Führerschein in der Hand ließ sie das Fenster herunter und warf einen schnellen Blick auf die Windschutzscheibe. Keine abgelaufene Zulassung. Zumindest das war gut.

„Guten Abend, Miss. Führerschein und Versicherungsnachweis bitte?"

„Ja", *Hicks*, „Sir." Sie streckte ihre Hand aus. „Es tut mir leid." *Hicks*. „Ich bekomme Schluckauf, wenn ich nervös bin."

Der Beamte richtete seine Aufmerksamkeit von ihrem Führerschein auf ihr Gesicht. „Ich verstehe. Warten Sie bitte hier."

Vielleicht hatte sie ein durchgebranntes Rücklicht oder so. Angespannt in den Rückspiegel zu starren und zuzusehen, wie der Beamte auf den Vordersitz seines Streifenwagens stieg, half nicht, ihre verunsicherten Nerven zu beruhigen. Er hatte nur ihre Fahrzeugpapiere überprüft. Routine. Standardverfahren. Kein Grund zur Sorge. Schließlich war sie keine Kriminelle auf der Flucht.

Der hochragende Mann schlenderte mit unlesbarem Gesichtsausdruck zurück zu ihrer Tür.

Ungeduldig platzte sie heraus: „Habe ich etwas falsch gemacht?"

„Ein paar Blocks weiter hinten steht ein Stoppschild."

„Stoppschild?"

Sein Blick überflog mit einer schnellen Bewegung das Innere des Wagens. „Woher kommen Sie, Miss?"

„Von der Hochzeit eines Freundes." Sie holte tief Luft und schluckte schwer, während sie versuchte, diesen dummen nervösen Schluckauf zu unterdrücken.

„Haben Sie gefeiert?", fragte er ruhig.

Kelly nickte. Sie wagte nicht, den Mund zu öffnen.

„Ein paar Drinks?"

„Nein, Sir. Nun, ja, Sir, aber ich bin vollkommen nüchtern."

Der Beamte nickte und trat einen halben Schritt zurück. „Wenn Sie bitte aus dem Auto steigen würden?"

„Ich hatte meinen letzten Drink vor mindestens ein paar Stunden." Sie ließ einen Fuß aus der Tür baumeln, dann einen anderen. „Glauben Sie mir, niemand hätte mich aus der Halle gelassen, wenn ich mehr gehabt hätte." *Hicks.*

Der Blick des Mannes senkte sich und für ein paar aufregende Sekunden dachte sie, er bewundere ihre Beine. „Miss, wo sind Ihre Schuhe?"

„Schuhe?" Meinte er diese schrecklich teuren Foltergeräte? Sie warf ihren Daumen über ihre Schulter in Richtung Rücksitz, nur um plötzlich zu realisieren, dass sie sich nicht daran erinnern konnte, sie überhaupt dorthin geworfen zu haben. „Ich … glaube, ich habe sie auf dem Empfang vergessen."

„Würden Sie sich bitte mit ausgestreckten Armen gerade hinstellen und Ihren rechten Fuß sechs Zoll über den Boden heben."

„Ja", *Hicks,* „natürlich, aber ich kann die ganze Sache klären, wenn ich nur eine Minute bekäme, um jemanden anzurufen. Sehen Sie …" Sie kippte mit ausgebreiteten Armen zur Seite. Auf einem Bein zu balancieren war noch nie ihre Stärke gewesen. Mit sechs Jahren war sie aus dem Ballettunterricht geflogen. Sie richtete sich neu aus und versuchte es noch einmal, wobei sie unsicher schwankte, bevor sie fast noch einmal umkippte. „Oh, vergessen wir das. Wenn ich nur kurz einen Anruf –"

Der Beamte hob seine Taschenlampe. „Lehnen sie den Feld-Nüchternheitstest ab?"

Sie nahm all ihren Mut zusammen und straffte die Schultern. Wenn das Stehen auf einem Bein Teil des

Tests war, würde sie ihn nie bestehen. „Tue ich.“

„Dann werden Sie ihren einen Anruf definitiv bekommen.“

„Mom wird überaus enttäuscht sein, dass die Party fast vorbei ist und du mit mir anstatt einer Single-Frau tanzt.“ Ian Farradays kleine Schwester Hannah lächelte zu ihm hinauf.

„Nur weil D.J. seinen zukünftigen Schwager dazu gebracht hat, beim Einladen der Hochzeitsgeschenke zu helfen.“ Auf der anderen Seite der Halle entdeckte er seine Mutter, die sich der Tanzfläche an der Seite seines Vaters näherte. „Außerdem, wenn Dad nicht schlapp macht, bevor das Lied endet, wird Mom es nicht bemerken.“

Hannah kicherte. „Ich schätze, du und Jamie haben Glück, dass sie das Tanzen mehr liebt als das Singen.“

„Aber Jamie tanzt nicht mit seiner Schwester.“

„Nein.“ Hannah runzelte die Stirn. „Diese Blondine hat ihn in Beschlag genommen, seit Joanna den Kuchen angeschnitten hat.“

„Du verlierst dein Gespür, Schwesterchen. Die Blondine hat sich Jamie schon auserkoren, bevor sie das erste Glas Champagner eingeschenkt haben.“

Hannahs Blick wanderte durch die große Halle zu ihrem ältesten Bruder und der Möchtegern-Marilyn-Monroe, die sich zur Musik drehte. „Jamie war derjenige, der sich am besten bei den Tanzstunden gemacht hat, auf die Mom bestanden hat.“

„Es hat geholfen, dass er alt genug war, um zu verstehen, dass alle Mädchen auf Kerle stehen, die eine Runde auf der Tanzfläche drehen können, ohne ihnen auf die Füße zu treten.“ Ian war nur ein paar Jahre jünger als sein Bruder, aber damals hatte er den Tanzunterricht als große Zumutung empfunden. Erst als er auf dem College war und den Two-Step gemeistert hatte – und dadurch die tollsten Mädchen für sich gewann – wurde ihm klar, dass seine Mutter wieder einmal Recht behalten sollte. Was ihn nur kurz dazu brachte, sich zu fragen, warum sie sich jetzt entschieden hatte, immer wieder dieselbe Leier über sein Dasein als Junggeselle anzustimmen.

Der Discjockey kündigte das letzte Lied des Abends an und Ian drehte seine Schwester zu den ersten Tönen der beliebten Melodie von *Time of Your Life*. Am Ende des Songs lachten sie, waren außer Atem und bereit schlafen zu gehen.

Ein paar Meter von ihrem leeren Tisch entfernt erregte das Klingeln eines Handys Ians Aufmerksamkeit. Er beschleunigte seinen Schritt, folgte dem Geräusch und entdeckte den Übeltäter unter der Serviette neben D.J.s Platz. Die Anrufer-ID verwies auf das Lew Sterrett Justice Center. Normalerweise hätte er das Telefon einer anderen Person auf die Mailbox gehen lassen, aber so spät in der Nacht entschied er sich zu antworten. „Hallo.“

„D.J.?“

„Nein. D.J. ist bald zurück. Hier ist Ian. Kann ich helfen?“

„Hoffentlich.“ Er hörte an der Stimme der Anruferin, dass es einen Haken geben musste. „Hier ist Kelly Morgan und ich habe ein kleines Problem.“

Wenn sie im Lew Sterrett Justice Center war, würde er auf nicht ganz so klein tippen.

„Sie denken, ich hätte getrunken.“

Denken? Alle auf dem Empfang hatten etwas getrunken. Die Eltern der Braut hatten kein Kosten gescheut. Nicht bei der historischen Art-Deco-Location, dem Essen oder dem fließenden Alkohol.

„Ich habe den Feld-Nüchternheitstest abgelehnt."

Was bedeutete, dass der beteiligte Beamte sie zu Bluttests auf die Wache gebracht hatte. Für ihn klang sie nicht wirklich betrunken, aber er hatte keine Ahnung, wie lange sie schon im Gefängnis war, bevor sie ihren Anruf bekam.

„D.J. muss herkommen und erklären, dass ich keine", ein schwerer Seufzer ertönte durch das Telefon, „… Säuferin bin. Dann können", sie atmete tief ein und er könnte schwören, dass er sie schlucken gehört hatte, „… können sie mich nach Hause gehen lassen." Sie atmete zittrig aus, was die Angst unter dem selbstbewussten Wagemut entblößte. „Schnell, bitte."

„Wir kommen." Er beendete das Gespräch, ließ den Blick durch die große Halle schweifen und wandte sich dann seiner Schwester zu. „Wir müssen D.J. finden. Schnell."

Hannah deutete auf die Treppe, die zum halbkreisförmigen Empfangsbereich bei den Vordertüren hinunterführte. „Er kommt gerade rein."

Er wartete nicht auf seine Schwester, sondern ging so schnell wie möglich, ohne Aufmerksamkeit zu erregen, zu seinem Cousin. „Wir haben ein Problem."

D.J.s Augenbrauen zogen sich zu einem Stirnrunzeln nach oben. „Was ist passiert?"

„Kelly hat dich angerufen." Ian reichte D.J. sein Handy. „Sie wurde festgenommen. Trunkenheit am Steuer."

„Was?" D.J.s Augenbrauen schossen noch höher auf seine Stirn hinauf.

Dale, der vor kurzem die Polizei von Dallas verlassen hatte, trat um seinen Freund herum. „Wo ist sie?"

„Lew Sterrett."

„Lasst uns gehen", sagten D.J. und Dale gleichzeitig.

Ian drehte sich zu seiner Schwester um und warf

ihr seine Schlüssel zu. „Du bringst mein Auto zurück zum Hotel. Ich treffe dich später."

„Ich werde euch folgen." Hannah beugte sich über einen Tisch in der Nähe und griff nach ihrer Handtasche.

„Nein", hallte es von Dale und D.J. erneut gleichzeitig, bevor D.J. fortfuhr: „Keine gute Idee. Wir kümmern uns darum. Sag besser niemandem, was los ist. Wir müssen niemanden beunruhigen, solange wir nichts Genaueres wissen."

Ian konnte sehen, wie sich Protest im Kopf seiner Schwester formte, aber mit einem langsamen Nicken stimmte sie zu.

Das Gefängnis war nicht weit von der Empfangshalle auf dem Messegelände entfernt und Ian und die anderen stürmten im Handumdrehen durch die Türen hinein.

Der Beamte an der Rezeption hob den Blick, als die drei Männer in das Gebäude vordrangen. In der Sekunde, in der sein Blick auf Dale fiel, entspannten sich seine Schultern und freundschaftliche Vertrautheit leuchtete in seinen Augen. „Was führt dich zu dieser Stunde hierher?"

„Wir sind wegen einer Freundin hier."

Der Kopf des Beamten nahm die Männer zu beiden Seiten von Dale wahr, die beide ihren Abzeichen an ihren Gürteln befestigt hatten. Der ältere Mann konzentrierte sich auf D.J., runzelte die Stirn und verengte seinen Blick. „Farraday?"

D.J. nickte, aber das Lächeln war gezwungen. Er war nicht in Stimmung für Smalltalk und Ian verstand warum.

Als er sich Ians Texas-Ranger-Abzeichen zuwandte entspannte sich die steife Haltung des Beamten jedoch nicht. „Wen haben wir in Gewahrsam, der rechtfertigt, dass uns zwei ehemalige Polizisten aus Dallas und ein

Ranger einen Besuch abstatten?"

„Kelly Morgan", antwortete D.J., dessen Haltung viel lockerer und freundlicher war, als die des Mannes hinter dem Schreibtisch.

„Morgan", murmelte der Beamte und tippte auf einer Tastatur. „Der Fall von Trunkenheit am Steuer?" Sein Gesichtsausdruck wechselte von territorialer Arroganz zu totaler Verwirrung.

„Sie ist eine Freundin", wiederholte Dale mit einem beiläufigen Achselzucken. „Wer war der festnehmende Beamte?"

„Cavanaugh."

Aus dem schnellen Kopfnicken von Dale, das dem von D.J. glich, ging Ian davon aus, dass dies Kumpelsprache für *Damit können wir arbeiten* war.

„Können wir sie sehen?", fragte D.J..

Der Beamte musterte die Männer, blickte zu Dale und zuckte mit den Schultern. „Ihr kennt die Routine."

Diesmal war Dales Grinsen eher das eines Freundes. „Danke Jack."

Vom Eingangsbereich des Gebäudes bis zu der Zelle, wo Kelly und ein paar andere fehlgeleitete Seelen und mindestens ein paar leichte Mädchen warteten, war es nur ein kurzer Weg. Selbst wenn er Kelly nicht vor kurzem auf dem Empfang gesehen hätte, wäre sie leicht zu erkennen gewesen. Wenn sie sich noch dichter an die hintere Wand drückte, würde sie eins mit ihr werden. Die Begeisterung in ihren Augen als sie D.J. erblickte, ließ Ian wünschen, jemand hätte sie daran gehindert, allein nach Hause zu fahren.

„Du bist hier", sagte sie, als sie sich den kalten Metallstäben näherte. „Kann ich hier jetzt raus?" Diesmal konnte ihre schwache Stimme die Angst nicht verbergen.

D.J. deutete mit einem Daumen über die Schulter zu Ian. „Es zahlt sich aus, Freunde in hohen Positionen zu haben."

Erleichterte und dankbare Augen richteten sich auf Ian. „Wenn das ja bedeutet, schulde ich dir mein erstgeborenes Kind.

Wenigstens hatte sie noch Humor. „Das wird nicht nötig sein." Zumal ihre Freiheit ihren Preis hatte. Mindestens für die nächsten vierundzwanzig Stunden würde sich eine gewisse Kelly Morgan in seinem Gewahrsam befinden.

KAPITEL ZWEI

„Das ist wirklich nicht nötig." Kelly könnte sich nicht mehr schämen, wenn man sie dabei erwischt hätte, wie sie am helllichten Tag nackt die Main Street entlang flitzte. Obwohl sie wirklich völlig nüchtern gewesen war, gab ihr allein die Vorstellung, wegen Trunkenheit am Steuer im Gefängnis zu sitzen, das Gefühl, ihrer Familie Schande bereitet zu haben.

Ian Farraday setzte den Blinker und blickte in den Seitenspiegel. „Ich habe mein Wort gegeben. Das ist keine große Sache."

Wenn es keine große Sache gewesen wäre, hätte er ihr erlaubt, selbst zurück nach Tuckers Bluff zu fahren. Letzte Nacht, als Dale, D.J. und Ian sie im Hotel abgesetzt hatten, dachte sie für einen kurzen Moment, er würde in dem Zimmer, das sie sich mit seiner Schwester Hannah teilte, vor dem Bett auf dem Boden campieren. Er hatte keine Einwände geäußert, sie für die Nacht alleine zu lassen, aber sie konnte die Reserviertheit in seinen Augen so deutlich sehen wie das Texas Ranger-Abzeichen, das an seinem Gürtel glänzte. Als er heute Morgen an ihre Tür klopfte, seine Schwester sein kostbares Auto nach Hause fahren ließ und darauf bestand, Kellys Auto zu nehmen, wusste sie ohne jeglichen Zweifel, dass es eine sehr große Sache war, in seine Obhut entlassen worden zu sein.

Ian behielt die Straße im Auge. „Bis morgen früh

werden all diese unglücklichen Missverständnisse rechtlich geregelt und kein Thema mehr sein."

„Aber bis dahin …"

Ian wandte den Blick von der Straße ab und schenkte ihr mit diesem vertrauten Farraday-Zwinkern in den Augen ein Lächeln. „Stell dir mich als den großen Bruder vor, der auf dem Abschlussballabend auf deine Tugendhaftigkeit achtet."

Obwohl sie immer gedacht hatte, es wäre schön gewesen, einen Bruder zu haben, war *das* definitiv keiner der Gründe dafür. Kurz außerhalb der Grenze von Dallas County, wurde das Gespräch abrupt durch das Klingeln ihres Handys beendet. Kelly wühlte in ihrer Handtasche, zog ihr Telefon heraus und zuckte zusammen. Ihre Mutter. Sie wollte so gar nicht erklären, was letzte Nacht passiert war. Andererseits würde ihre Mutter es einfach weiter versuchen, wenn sie den Anruf nicht entgegennahm. Sie holte tief Luft. Nur D.J., Dale, Ian und Hannah wussten etwas über ihren bedauerlichen Aufenthalt in Lew Sterret, und alle vier hatten einen Eid auf Geheimhaltung geschworen.

Kelly zweifelte nicht daran, dass sie ihren Freunden vertrauen konnte. Nicht dass sie Dale oder Ian besonders gut kannte, aber sie wusste, dass Dale Hannah verehrte und alles für sie tun würde, und Ian war schließlich ein Farraday. Das Wort eines Farradays war mehr wert als alle Goldbarren in Fort Knox. Aber all das bedeutete nicht, dass ihre Mutter nicht irgendwie von der misslichen Lage ihrer Tochter hätte erfahren können. „Morgen, Mom." Das klang normal. Ihre Stimme spiegelte in keiner Weise die panische Frau wider, die Stunden im Gefängnis damit verbracht hatte, darüber nachzudenken, dass wie im Film ein Schreibfehlers dazu frühen könnte, dass sie den Rest ihres Lebens hinter Gittern verbringen würde. Nur um sicherzugehen, warf sie Ian einen Blick zu.

Erst zum zweiten Mal, seit sie das Hotel verlassen hatten, richtete Ian seine Aufmerksamkeit genau in dem Moment in ihre Richtung, in dem sie zu ihm aufsah, um sich zu beruhigen. Sie bezweifelte ernsthaft, dass er eine Ahnung hatte, warum sie ihn anstarrte, noch hatte sie eine Ahnung, warum er ihr zunickte, aber etwas tief in ihrem Bauch glaubte, dass er ihre Gedanken lesen konnte und ihr sagte, sie klang gut und solle weitermachen.

„Wir alle wollen unbedingt die ganze Geschichte hören."

Kellys Herz sank in ihren Magen. Die Frau wusste es.

„Wie war es?", fragte ihre Mutter mit einem Hauch von Begeisterung.

„Ähm."

„Die Hochzeit. Erinnerst du dich? Der Grund, warum du den ganzen Weg nach Dallas gefahren bist. War es so, wie du erwartet hast?"

„Sogar noch besser." Kelly hielt einen riesigen Seufzer der Erleichterung zurück. Die gestrige Nacht war anders gewesen als irgendjemand erwartet hatte. „Die Braut war wunderschön und Finn sah stolzer aus als ein Pfau. Sie werden wahrscheinlich hundert Jahre alt werden und Händchen haltend sterben."

„Es ist schrecklich, so etwas zu sagen." Die Stimme ihrer Mutter sank um ein paar Oktaven, ähnlich wie wenn, als Kelly als kleines Mädchen gerügt worden war.

„Mom, wir alle müssen irgendwann sterben. Ich denke, dass es ein ziemlich schöner Gedanke ist, als Hundertjährige mit der Liebe deines Lebens in den Armen zu sterben." Der Himmel wusste, wie schwer die letzten Jahre ihres Vaters, die er wegen eines Schlaganfalls in halb gelähmten Zustand verbringen musste, für alle gewesen waren.

„Nun", seufzte ihre Mutter, „ich nehme an, du hast Recht."

Auch ohne ein weiteres Wort wusste Kelly genau, wohin die Gedanken ihrer Mutter gewandert waren. „Was haben die beiden jetzt wieder angestellt?"

„Wer hat gesagt, dass irgendjemand etwas angestellt hat?" Ihre Mutter reagierte etwas zu unschuldig.

Sie hielt den Atem an und wartete darauf, dass sie mit der Wahrheit herausrückte.

„Es war nur ein kleines Feuer, Liebes."

„Feuer?"

Diese eine zittrige Wort ließ Ian wieder in ihre Richtung blicken. Ihr Griff um das Telefon festigte sich.

„Nur ein kleines, ein klitzekleines im Badezimmer."

„Im Badezimmer?" Kelly blinzelte und wandte sich leicht ab, um über eine entflohene Träne zu streichen.

„Gestern hat es geregnet", fuhr ihre Mutter fort.

„Die Grillparty", murmelte sie, holte tief Luft und blinzelte weitere Tränen zurück. „Ich schwöre bei Gott, man kann die beiden nirgendwo alleine lassen."

„Nun, dein Großvater wollte mir nur zeigen, wie sicher es ist, ein Holzkohlefeuer im Waschbecken zu entzünden. Um ehrlich zu sein, habe ich so herausgefunden, was das Problem im Shady Rest verursacht hat."

„Was gab es da herauszufinden?" Ihr Atem stockte für den Bruchteil eines Augenblicks. „Das Problem war, dass sie im Badezimmer gekocht haben."

„Weißt du, ich denke, das Grillen im Badezimmer hätte gut geklappt, wenn sie nicht das Rohr unter der Spüle geöffnet hätten, um mehr Luft an die Kohlen zu lassen. Es scheint, die Flammen sind deshalb hochgeschossen, haben die Decke erreicht und die Rigipsplatten in Brand gesetzt. Auf jeden Fall musste ich dieses Mal deswegen den Feuerlöscher holen."

Dieses Mal. Kellys Stirn fiel in ihre Handfläche. „Mom, erzähl mir nicht, dass du dagestanden bist und zugesehen hast?"

Schweigen war ein ebenso gutes Schuldeingeständnis wie sich auf sein Recht zu berufen, die Aussage zu verweigern.

„Ach, Mutter."

„Ist schon gut, Liebes. Frank aus dem Café kam gestern am späten Abend vorbei, schnitt die verbrannten Stellen aus der Wand und ersetzte die Rigipsplatten. Heute wird er noch einmal kommen, um zu verputzen und zu streichen. Bis du nach Hause kommst, wirst du nicht mal merken, dass etwas passiert ist."

Sie würde es nur nicht merken, wenn ihre Mutter es ihr nicht gesagt hätte. Was sie fast dazu brachte, sich zu fragen, was für einen Unfug ihr Großvater und sein Bruder noch anstellten, wenn sie nicht hinsah. Natürlich wagte sie nicht zu fragen. Vielleicht an einem anderen Tag, aber nicht heute. Sie war dem nicht gewachsen. An diesem Punkt begann sie über die Standhaftigkeit ihrer Mutter nachzudenken. Es war eine Sache, ihren Großvater, der weit über achtzig und ein wenig senil war, bei sich zu haben. Aber dass ihre erst vierundfünfzigjährige Mutter seine Komplizin war, machte ihr Angst. Wenn ihre Mutter schon in so jungen Jahren anfing, ein diese beiden verrückten Kauze zu werden, bestand die Chance, dass Kelly ihr eigenes verrückter-Kauz-Stadium möglicherweise nicht erleben würde. „Sonst noch etwas, Mom?"

„Nein, Liebes, ich möchte nur von der Hochzeit hören."

Kelly strich sich mit den Fingerspitzen über die Schläfe. Gerade jetzt war sie noch nicht in der Lage, die letzte Nacht noch einmal revuepassieren zu lassen. Nicht einmal den lustigen Teil auf der Hochzeit. „Ich erzähle dir alles beim Abendessen, wenn ich nach Hause komme. Okay?“

„Das klingt gut. Wenigstens weiß ich, dass es keine Probleme gegeben hat.“

Keine Probleme. Ja, auf der Hochzeit nicht. Bei ihr hingegen – eher schon.

Ian war sich nicht sicher, was sein Herz schneller schlagen ließ, die plötzliche Blässe, die Kelly überkam, als sie den Namen auf ihrem Handy sah, oder der Ausdruck auf ihrem Gesicht, als sie das Wort *Feuer* aussprach.

Er wusste nicht wirklich viel über die erwachsene Kelly. Sein Bruder Jamison – benannt nach dem irischen Whiskey, auch wenn seine Mutter den Zusammenhang wegen der unterschiedlichen Schreibweise abstritt – war im gleichen Alter wie sein Cousin Adam. Gemäß Hackordnung spielte Ian meistens an der Seite von Connor und D.J.. Sie alle waren mehrere Jahre älter als seine Cousine Grace, seine kleine Schwester Hannah und ihre Freundinnen Becky und Kelly. Auch wenn er sich erinnerte, die Mädchen im Sommer auf der Ranch herumtollen gesehen zu haben, wenn die Austin-Farradays die Tuckers Bluff-Farradays besuchten, kannte er diese erwachsene Version von Kelly fast gar nicht. Tatsächlich hatte er sie im vergangenen Jahr in Adams Klinik oder gestern Abend auf der Hochzeit wahrscheinlich häufiger gesehen als in den letzten zehn oder mehr Jahren zusammen.

Um die Wahrheit zu sagen, es war nur die Tatsache, dass sie und seine Schwester und seine Cousine immer noch eng befreundet waren, die ihn von ganzem

Herzen glauben ließ, dass die Verhaftung letzte Nacht ein Fehler gewesen sein musste. Nach einigen Hinterzimmerverhandlungen zwischen seinem Cousin, Dale und dem zuständigen Officer hatte Ian als Mitglied der höheren staatlichen Behörde dem Beamten sein Wort gegeben, dass er dafür sorgen würde, dass Kelly nach Hause zurückkehrte, ohne in weitere Schwierigkeiten zu geraten oder sich hinter das Steuer eines Autos zu setzen. Dale würde dafür sorgen, dass bis Montagmorgen keine Aufzeichnungen über die Inhaftierung mehr vorliegen würden. Auch wenn Kellys Freilassung in Ians Obhut technisch gesehen eher ein Gentleman's Agreement als eine offizielle Handlung gewesen war, fühlte er sich trotzdem äußerst verantwortlich für alles, was ihr widerfuhr, einschließlich des quälenden Anrufs ihrer Mutter.

Mit mehr Kraft, als er von jemandem erwartet hätte, der so müde war, wie Kelly wirkte, warf sie ihr Handy in ihre Handtasche auf dem Boden.

„Ärger an der Heimatfront?"

„Das könnte man sagen." Sie löste ihren Sicherheitsgurt und drehte sich zu ihm. „Ich lebe in einer Irrenanstalt."

Ian ignorierte das blinkende Licht auf dem Armaturenbrett und den Drang, ihr zu sagen, sie solle sich anschnallen. Er merkte, dass sie reden musste und dass sie mehrere Stunden Zeit hatten, in denen er ihr zuhören konnte. „So schlimm kann es nicht sein."

„Ach, wirklich?" Sie drehte sich und zog den Sicherheitsgurt nach vorne, ließ die Schnalle einrasten und starrte weiter in seine Richtung. „Mein Vater, der vernünftigste Mann, den ich je kannte, starb vor zwei Jahren nach langer Einschränkung durch einen Schlaganfall."

„Mein Beileid." Diese Worte schienen jedes Mal nicht genug auszudrücken, wenn er sie benutzen musste. Jetzt war es nicht anders.

„Danke. Dann haben wir vor etwas mehr als einem Jahr herausgefunden, dass der Vater meiner Mutter Probleme mit dem Seniorenheim hatte, in dem er und sein Bruder lebten. Anscheinend missbilligt das Heim alte Männer, die splitternackt in den Whirlpool steigen.“

Ian verkniff sich ein Kichern und nahm an, dass die beiden alten Männer nicht die einzigen im Whirlpool gewesen waren. Er hoffte, dass er auch noch das Zeug dazu hatte, wenn er einmal alt genug war, um Großvater zu sein.

„Und die Einrichtung hat eine wirklich gute Küche. Deshalb haben meine Mutter und mein Vater sie für Pops und Onkel Ralph ausgesucht. Pops konnte nicht kochen, als er jung war, niemand vertraute ihm ein offenes Feuer an, nachdem Grandma gestorben war. In Shady Rest gibt es köstliches Essen à la carte in einem schönen Restaurant im Erdgeschoss. Sie bringen es einem auch aufs Zimmer, wenn der Bewohner das vorzieht. Aber nein. Pops und Onkel Ralph wollten unbedingt gegrillten Käse.“

„Irgendetwas sagt mir, dass das nicht gutgegangen ist?“

Wie sie es während des Telefonats mit ihrer Mutter getan hatte, kniff Kelly auch jetzt ihren Nasenrücken und holte tief Luft. „Da in den Wohnungen keine Küchengeräte erlaubt sind, hat Pops beschlossen, diese Regel zu befolgen, aber das Kochverbot zu ignorieren. Und hat das Bügeleisen benutzt.“

Ian erinnerte sich gut daran, dass auf dem College, mehr als eine Person gegrillte Käsesandwiches zur Not mit einem Bügeleisen zubereitete.

„Ja, ich weiß, was du denkst.“ Kelly seufzte. „Aber sie haben das Brot zwischen zwei Papiertücher gelegt und dann das Bügeleisen auf das Papiertuch gestellt und beschlossen, zu duschen und sich umzuziehen. Wenn die Rauchmelder nicht gewesen wären, hätten sie das ganze Haus abfackeln können."

So wie er es sah, wirkten die alten Kerle abenteuerlustig *und* glücklich.

„Was das Fass endgültig zum Überlaufen gebracht hatte, ereignete sich kurz nachdem sie dem Fleisch abgeschworen und Vegetarier geworden waren. Unzufrieden mit dem gebratenem Brisket auf der Speisekarte, entschieden sie sich, Zucchini zu grillen."

Ohne ein weiteres Wort hatte Ian bereits eine gute Ahnung davon, was als nächstes kommen würde.

„Pops ist ziemlich einfallsreich. Deshalb hat er das Waschbecken im Badezimmer, eine Tüte Holzkohle und etwas Feuerzeugbenzin benutzt. Der Ärger ging aber erst richtig los, als er den Abfluss abschraubte, um für einen bessere Luftzufuhr zu sorgen –."

„Und das Ganze in Flammen aufging."

Kelly nickte. „Das beendete ihren Aufenthalt in Shady Rest. Pops und Onkel Ralph leben seitdem bei uns. An den meisten Tagen denke ich, dass es einfacher ist, einen Wurf Kätzchen unter Kontrolle zu halten."

„Also, wenn ich es richtig verstanden habe, haben sie den letzten Vorfall für deine Mutter nachgestellt."

„Ja." Sie drehte sich und lehnte ihren Kopf zurück. „Die Sache ist die, die letzten paar Monate haben sie sich benommen und sind nicht in irgendwelche Schwierigkeiten geraten. Sie haben mit einigen der anderen alten Kerle in der Stadt Karten gespielt. Sie haben darüber nachgedacht, wieder Golf zu spielen. Onkel Ralph ist sogar auf ein paar Dates gegangen und dann das."

Der ausgelaugte Ausdruck auf ihrem Gesicht war nichts, was sich wegen ein oder zwei Ereignissen entwickelt hatte. Sie war müde und aufgebracht und er wusste nicht, was er sagen sollte. Sein Großvater

George hatte seine Familie auch vor einige Herausforderungen gestellt. Die meiste Zeit seines Lebens nahm sein Großvater abends eine Flasche Jameson aus dem Spirituosenschrank und besuchte seine Freunde. Das war, was ihn bei so vielen beliebt gemacht hatte. Leider tat er das in seinen späteren Jahren immer noch, manchmal um zwei oder drei oder vier Uhr morgens. Es war nie einfach zu sehen, wie geliebte Menschen so alt und verwirrt wurden, dass sie eine Gefahr für sich selbst darstellten. Er erinnerte sich an das schmerzliche Gefühl des Verlustes, als sein Großvater zu seinem eigenen Wohl in eine Pflegeeinrichtung verlegt werden musste. Alles, was Ian einfiel, war, sie fest in den Arm zu nehmen, wie bei einem kleinen Mädchen, das sich das Knie aufgeschürft hatte, und so zu tun, als würde der Schmerz aufhören. Nur dass sie kein kleines Mädchen war. Ihr Großvater kein aufgeschürftes Knie war. Und er nicht das Recht dazu hatte, sie aus irgendeinem Grund in seinen Armen zu halten.

KAPITEL DREI

„Zeit für einen Boxenstopp." Die Familie fuhr in einer Wagenkolonne von Dallas nach Tuckers Bluff und Ian folgte dem Auto vor ihnen zur Tankstelle.

Kelly warf einen Blick auf die Uhr auf dem Armaturenbrett. In den letzten Stunden hatten sie und Ian Geschichten über verrückte Großväter und andere Missgeschicke ausgetauscht. Mehr als einmal hatte er sie so sehr zum Lachen gebracht, dass sie sich fast in die Hose gemacht hätte. Sie hoffte wirklich, dass sie eines Tages auf die Possen ihres eigenen Großvaters zurückblicken und darüber lachen könnte, aber im Moment war sie frustriert und ein wenig verängstigt. Nicht nur wegen der Schwierigkeiten, in die ihr Großvater und sein Bruder geraten könnten, sondern auch aus Angst, dass sie und ihre Mutter durch genetische Vererbung dazu verdammt sein könnten, in diese Fußstapfen zu treten.

Der Autokorso, angeführt von Adam und Brooks mit ihren Frauen, gefolgt vom Rest des Clans mit ihr und Ian am Ende, bog einer nach dem anderen in die Tankstelle ein. Kelly fischte ihre Kreditkarte aus ihrer Brieftasche und eilte aus dem Wagen, um die Zapfsäule zu füttern.

Ian hatte bereits den Stutzen ausgehakt und den Tankdeckel geöffnet. „Geh du mit den anderen rein. Ich tanke auf."

„Das ist okay, ich kann das machen."

„Ich weiß, dass du das kannst. Aber ich kann es auch." Der Mann warf ihr ein hell strahlendes Farraday-Lächeln zu.

Wie lautete das alte Sprichwort? *Der Apfel fällt nicht weit vom Stamm.* Gab es nicht einen einzigen Mann im Farraday-Clan, der dieses Eis schmelzen lassende Lächeln nicht geerbt hatte? Im Laufe der Jahre, in denen sie eher wie eine andere kleine Schwester als wie eine Freundin behandelt worden war, war sie ziemlich immun gegen die inhärenten Farraday-Reize geworden. Schließlich fühlten sich Grace' Brüder wie ihre eigenen an. Nicht so bei Ian. Zum ersten Mal verstand sie wirklich die Wirkung des Farraday-Charmes, auf den sich alle Frauen in der Stadt bezogen. „Danke. Ich dachte, ich hole mir eine Diät-Cola. Möchtest du etwas aus dem Laden?"

„Nein danke. Ich komme gleich selbst rein."

Kelly nickte, wirbelte herum und eilte ihren Freunden hinterher, bevor sie noch etwas so Dummes tat, wie zu sabbern oder über ihre eigenen Füße zu stolpern. Die Schlange zur Toilette staute sich bereits, also entschied sie sich zuerst für etwas zum Knabbern.

Hannah stand neben Becky im Snack-Gang und blickte auf. „Was haben diese Langstreckenfahren an sich, dass wir zu menschlichen Mülleimern werden? Alles sieht so lecker aus."

Becky kicherte. „Das liegt daran, dass alles lecker *ist.*"

„Und du kannst es dir leisten, jeden Bissen zu essen." Kelly hatte Becky immer für ihre schlanke Figur beneidet. Schon früh hatte Kelly Kurven entwickelt und wusste, dass die Jungs sie vor allem wegen einer Sache wollten. Sie hatte gelernt, damit und mit ihrer Figur umzugehen. Sie hatte es immer geschafft, auf der kurvigen Seite der Linie zu bleiben, die eine volle Figur von Übergewicht trennte – oder hatte das bis vor kurzem zumindest gedacht.

„Leider", sagte Becky, „werde ich, egal was ich esse, nie deine Kurven haben. Aber zum Glück mag mich mein Mann so, wie ich bin." Dieses Mal, wie jedes Mal, wenn ihre Freundin D.J. Farraday erwähnte, verzog sich Beckys Gesicht zu einem rührseligen Grinsen.

Ein weiterer Grund, warum Kelly Becky um ihre fehlenden Kurven beneidete. Zumindest wusste Becky immer, dass es, wenn ein Mann Interesse an ihr zeigte, an ihrer Persönlichkeit und nicht an ihrer BH-Größe lag.

„Du siehst auf einmal so schrecklich ernst aus." Becky runzelte die Stirn. „Stimmt etwas nicht?"

Hannah schüttelte mit weit aufgerissenen Augen den Kopf und ließ Kelly so schweigend wissen, dass sie das Geheimnis der letzten Nacht nicht preisgegeben hatte.

Kellys plötzliche Trübsal hatte nichts mit ihrer kurzen Zeit im Gefängnis zu tun, sondern mit dem letzten Idioten, mit dem sie ausgegangen war. So sehr sie auch versuchte, Brett Cunninghams bissige Worte aus ihren Erinnerungen zu löschen, jedes Mal, wenn sie vor einen Spiegel trat, musste sie zweimal hinsehen und sich fragen, ob sie wirklich gut aussah oder ob ihre Kleiderwahl sie fett erscheinen ließ. Oder war es noch schlimmer – hatte Brett Recht und sie war tatsächlich fett? Sie hasste ihn wirklich dafür, dass er es in nur wenigen Monaten geschafft hatte, sie dazu zu bringen, all ihr Selbstvertrauen in Frage zu stellen. Dafür, dass er sie dazu gebracht hatte, sich anders zu sehen.

„Es ist der Penner, nicht wahr?", fragte Becky

Hannahs Gesicht verzog sich verwirrt. „Penner?"

„Ja. Der letzte Idiot, mit dem sie ausgegangen ist – und den sie schließlich abserviert hat. Brett ist ein unsicherer Idiot, der sein Selbstwertgefühl dadurch stärkt, dass er andere niedermacht. Und jetzt lässt er Kelly daran zweifeln, was für eine großartige Figur sie hat."

Unter anderem, dachte Kelly. Zuerst hatte sie sich als etwas Besonderes gefühlt, als sie von einem so erfolgreichen, gutaussehenden Adonis um ein Date gebeten wurde. So sehr, dass sie es nicht bemerkte, wenn seine süße Aufmerksamkeit sich in zweischneidige Bemerkungen verwandelte; nicht schlau, nicht hübsch, aber definitiv fett.

Stirnrunzelnd blickte Hannah Kelly an und sah noch verwirrter aus als zuvor. „Warum solltest du ihm glauben?"

„Oh Gott, sag mir bitte, dass wir nicht über Kellys letzten Ex sprechen?" Grace kam den Gang herauf. „Ich versuche immer noch, mir etwas einfallen zu lassen, wofür ich ihn verklagen kann. Leider erkennt das Gerichtssystem egozentrische, manipulative und kontrollierende Idioten nicht als geeigneten Grund für eine Klage an."

„Und das *Time Magazine* hat auch keine Ausgabe mit Auszeichnung für das Arschloch des Jahres", mischte sich Becky ein.

Hannah kicherte. „Ich vermute mal, dieser Typ ist ein kontrollierendes Arschloch, das niemand mag."

„Welcher Typ?" Ians Stimme wurde über Kellys Schulter getragen.

Als sie sich zu ihm umdrehte, runzelte er die Stirn. Aber im Gegensatz zu seiner Schwester, die eindeutig verwirrt war, sah er genervt aus. Ihr Magen verkrampfte sich vor Angst davor, wie viel er mitgehört hatte. Kelly hatte das Gefühl, dass ihr Ex für seine Respektlosigkeit vermutlich eine gehörige Abreibung bekommen hätte, wenn Ian ihr großer Bruder gewesen wäre. Sie drehte den Kopf zu ihren Freunden und wusste nicht recht, was sie sagen sollte. Sie wollte nicht, dass er die hässlichen Dinge erfuhr, die ihr Ex gesagt hatte. Wie der Typ sie gesehen hatte. Obwohl Ian gerade Tuckers Bluff besuchte und nur wegen seiner Geschwister ihr Freund war, wollte sie wirklich, wirklich, wirklich, dass er sie so sah, wie sie sich vor einem halben Jahr noch selbst gesehen hatte. Nicht durch die Augen dieses Idioten. „Oh, weißt du", antwortete sie souveräner, als sie sich fühlte, „nur Männer. Niemand im Besonderen. Ich glaube, ich werde mir Beef Jerky kaufen. Keine Kohlenhydrate."

Ihre Freunde schlurften herum und nahmen Sachen aus den Regalen.

„Ich mag die in Honig gerösteten Mandeln." Becky nahm ein paar Tüten an sich.

Hannah griff über Grace' Arm. „Cheddar-Popcorn für mich. Scheiß auf Kohlenhydrate."

„Gutes Mädchen." Grace griff nach einer zweiten Tüte Kartoffelchips. „Scheiß auf Kohlenhydrate. Du sagst es."

Kelly und ihre Freundinnen marschierten im Gänsemarsch zur Kasse und ließen Ian im Gang stehen. Als sie einen kurzen Blick zurück riskierte, bemerkte sie, dass er wie angewurzelt dastand und immer noch die Stirn runzelte. Es dauerte ein wenig, bis Hannah ihren Ellbogen in Kellys Seite stieß, damit sie wieder nach vorne blickte. Was für eine interessante Wendung. Egal, ob er das berühmte und charmante Farraday-Lächeln aufsetzte oder wie ein besitzergreifendes Kleinkind die Stirn runzelte, hatte der Kerl die gleiche Wirkung auf sie – ihre Knie wurden weich. Sie betrachtete das Beef Jerky in ihren Händen und das Popcorn in der Hand ihrer Freundin. Wem machte sie etwas vor, auf Kohlenhydrate zu verzichten, würde nichts ändern. Sie hätte das Popcorn nehmen sollen.

Was auch immer mit Kelly los war, es reichte aus, dass sich Ians Nackenhaare sträubten. Vielleicht war sein letzter Urlaub einfach schon zu lange her oder vielleicht war er einfach im Großer-Bruder-Beschützer-Modus – nicht, dass irgendetwas an Kelly ihn an seine Schwester erinnerte – oder vielleicht gab es in ihrem Leben mehr als nur ein Vergehen wegen Trunkenheit am Steuer und einen verrückten Großvater.

„Hast du vor, das Wochenende in Gang drei zu verbringen?" D.J. schlug seinem Cousin auf die Schulter, leicht genug, um eine beiläufige Geste zu sein, hart genug, um Ians Aufmerksamkeit von Kelly abzulenken.

Ian griff nach einer Tüte Sonnenblumenkerne und zuckte mit den Schultern. „Ich suche nur nach etwas zum Knabbern, das mich nicht langsam vergiften wird."

D.J.s Blick wanderte von der Vorderseite des Ladens, wo Kelly und die anderen in der Schlange an der Kasse standen, zu den Säcken mit Erdnüssen, Popcorn und anderem typischen Junk-Food für Autofahrten und wieder zurück zur Vorderseite des Ladens. „Vielleicht hättest du mehr Glück bei der Auswahl eines Snacks, wenn du in diese Richtung schaust." D.J. fuhr mit einem Finger über die Lebensmittel vor ihnen.

Ian würde niemanden etwas vormachen können. Er sollte es erst gar nicht versuchen. D.J. war nicht viel jünger als er, und dass beide in der Strafverfolgung arbeiteten, hatte die bereits starke Bindung aus ihrer Jugend nur noch verstärkt. Sie verstanden sich, auch ohne zu sprechen.

„Willst du mir sagen, was wirklich los ist?", fragte D.J..

Komisch, das war genau das, was er Kelly fragen wollte. D.J. zu antworten wäre viel einfacher, wenn Ian eine Ahnung hätte, warum seine Nackenhaare in höchster Alarmbereitschaft waren. „Ich bin mir nicht wirklich sicher."

D.J. blickte zur Kasse, nur Kelly stand noch in der Schlange. „Sie ist Single."

„Das ist es nicht." Ian war nicht auf der Suche nach einer Frau, zumindest nicht nach der dauerhaften Sorte. Er tippte mit der Stiefelspitze auf den Boden und machte militärische kehrt. „Weißt du vielleicht etwas über einen verbitterten Ex-Freund?"

„Von Kelly?"

Die Lippen fest zusammengepresst, nickte Ian.

D.J.s Blick wanderte zu seiner langjährigen Freundin an der Kasse. „Wie verbittert?"

„Ich bin mir nicht sicher." Er war mitten in ein Gespräch über einen manipulativen, kontrollierenden Ex-Freund geraten – nie eine gute Kombination. Obwohl sein Bauchgefühl ihm sagte, dass sie über Kelly und jemanden sprachen, mit dem sie ausgegangen war, konnte er sich nicht sicher sein. Was bedeutete, dass er unter diesen Umständen D.J. wahrscheinlich nichts von seinem Verdacht hätte sagen sollen. Ian wusste, dass sein Cousin immer noch mit sich selbst unzufrieden war, weil er vor einiger Zeit nicht bemerkt hatte, dass sich eine missbräuchliche Beziehung direkt vor seiner Nase abgespielt hatte. Weswegen Ian fragen musste: „Hast du etwas von Jake gehört und wie es ihm und seiner Frau geht?"

„Gut." D.J. sah weiter zu, wie Kelly die Diät-Cola und das Beef Jerky bezahlte. „Keine Anzeichen von Gewalt mehr und er erholt sich schnell von der Operation."

„Freut mich. Schön zu wissen, dass die Ärzte mit Jakes Prognose recht hatten." Ian wählte seine nächsten Worte sorgfältig. „Es war nicht deine Schuld. Du weißt es, ich weiß es, die ganze Stadt weiß es. Wir können nicht immer und überall sein und wir können nicht alles sehen."

D.J. drehte sich zu seinem Cousin um. „Deshalb siehst du bereit aus, dich auf die nächste Person zu stürzen, die Kelly auch nur schief ansieht."

Ian überlegte schnell, ob er kontern oder nachgeben sollte, und zuckte mit den Achseln, bevor er auf die Aussage seines Cousins antwortete. „Manchmal liegt mein Bauchgefühl falsch." Nicht sehr oft, aber das erzählte er D.J. nicht.

Kopfschüttelnd verfolgte D.J. Kelly auf ihrem Weg aus dem Laden und zum Auto und wandte sich dann wieder Ian zu. „Der letzte Kerl, mit dem sie ausging, war nicht aus Tuckers Bluff. Ich glaube, sie ist öfter nach Butler Springs gefahren als er hierher. Deshalb habe ich selbst nicht viel mitbekommen, aber wenn irgendjemand etwas weiß, dann meine Frau. Ich werde sehen, was ich herausfinden kann, aber ich hoffe wirklich, dass dein Instinkt dich in diesem Fall im Stich lässt.

Damit war er nicht der Einzige. Aber wenn sein Bauchgefühl in täuschte und Kellys Privatleben nicht das Problem war, was dann?

Eileen lehnte sich nach links und dann nach rechts und streckte ihren Rücken. Sie hatte ihrem Schwager nichts gesagt, aber sie war froh, als er beschloss, zum Tanken anzuhalten, anstatt den Tank an seine Grenzen zu bringen und ohne Pause nach Hause zu fahren. Diese langen Autofahrten von und nach Dallas waren vor zwanzig Jahren viel einfacher für sie gewesen. „Nächstes Mal, schlage ich vor, fahren wir nach Abilene und fliegen nach Dallas."

„Du hasst kleine Maschinen." Sean Farraday schraubte den Tankdeckel ab. „Außerdem ist es nicht so, dass wir oft nach Dallas fahren."

„Egal. Wenn wir das nächste Mal nach Dallas wollen, erinnere mich daran, wie sehr mein Rücken gegen die Fahrt protestiert." Eileen sah D.J.s Auto, das auf die Straße zurückfuhr, und deutete darauf. „Sieht so aus, als wären wir doch nicht so weit hinter den Kindern."

„Hätte ich auch nicht gedacht. Sie haben auch die ganze Nacht getanzt. Ihnen ist das Aufstehen heute Morgen sicher genauso schwer gefallen wie dem Rest von uns alten Leuten."

„Du sprichst nur für dich." Eileen strich spielerisch über ihr Haar. „Ich bin noch nicht alt. Aber schade, dass sie nicht alle eine Stunde länger geschlafen haben. Ich hätte auf einen kleinen Vorsprung gehofft, um alle nach Hause zu schlagen." Sie drehte sich nach links und rechts und spürte dieses schmerzende Ziehen in zu vielen Muskeln. Sie schätzte, dass sie Glück hatte, es heute Morgen überhaupt aus dem Bett geschafft zu haben.

Als ihr Neffe Ian mit in die Ferne gerichtetem Blick in ihre Richtung schlenderte, schien er sie nicht zu bemerken, bis er praktisch auf ihren Füßen stand.

„Falls du D.J. suchst, er ist gerade wieder losgefahren." Sean hob sein Kinn in die Richtung, in die das Auto seines Sohnes gefahren war.

„Nein. Ich musste die Toilette benutzen und wollte die Kolonne nicht aufhalten."

„Nun", Eileen zuckte mit den Achseln, „mit Handys und GPS und Notfall-Straßendienst braucht man Wagenkolonnen eigentlich nicht mehr."

Sean steckte den Tankstutzen wieder in die Zapfsäule und blickte zu Eileen. „Soll ich dir etwas von drinnen mitbringen?"

„Ein kaltes Getränk wäre nett. Meins ist mittlerweile lauwarm und ist keinen Dreck mehr wert. In der Zwischenzeit werde ich die Damentoilette inspizieren." Obwohl sie den größten Teil der letzten Tage im Kreise ihrer Familie verbracht hatte, lehnte sie sich vor und küsste ihren Neffen auf die Wange. Sie freute sich darauf, ihn für ein paar Wochen im Haus zu haben, während Finn auf seiner Hochzeitsreise war. „Fahr vorsichtig nach Hause."

Ian unterdrückte ein Kichern und Eileen war sich ziemlich sicher, dass er vor ein paar Jahren noch die Augen verdreht hätte. „Ja, Ma'am."

Nach über zwanzig Jahren, in denen sie sich Sorgen um ihre Jungs gemacht hatte, war es reine Gewohnheit, dass Eileen sich an der Glastür umdrehte, um Ians letzte Schritte zu verfolgen. Sie war sich ziemlich sicher, dass Ian alleine zur Hochzeit gefahren war, nachdem er seine Familie in der Nähe von Austin besucht hatte. Und selbst wenn Eileen sich irrte, verstand sie nicht, warum Kelly neben ihrem Auto auf ihn wartete.

Eileen ging praktisch seitwärts in Richtung Damentoilette, während sie Ian und Kelly im Auge behielt. War das nicht eine unerwartete Wendung der Ereignisse? Sie wusste genau, dass Hannah mit Kelly in Kellys Auto nach Dallas gefahren war. Was ein paar Fragen offen ließ. Wo war Hannah, und wie kam sie nach Hause? Und warum fuhr Ian mit Kelly statt mit Hannah nach Hause? Ihre Neugier siegte, sie bewegte sich langsam zurück zur Eingangstür, um freie Sicht auf ihren Neffen zu haben. Das Lächeln des Mannes erblühte breit und stark.

„Ich dachte, du wolltest die Damentoilette aufsuchen?" Sean stand mit ein paar kalten Getränken in der Hand neben ihr. Der scharfsinnige Mann, der sich seiner Umgebung voll bewusst war, folgte dem Blick seiner Schwägerin und landete auf derselben Szene, die sie beobachtete. „Oh nein. Lass deiner Fantasie bloß keinen freien Lauf. Es gibt vermutlich eine sehr logische Erklärung dafür, warum Ian mit Kelly zurück zur Ranch fährt."

„Ich bin mir sicher, du hast recht." Und das hatte er wahrscheinlich auch, aber nur für alle Fälle suchte sie die Umgebung nach Anzeichen auf eine struppige Hündin und ihrer Welpen ab.

KAPITEL VIER

„**B**ieg in diese Straße ein." Kelly zeigte auf die letzte Straße vor der Stadtgrenze. Ihr Vater war am Stadtrand von Tuckers Bluff und ihre Mutter war auf einer Schaffarm in West-Texas aufgewachsen. Nachdem sie sich im College kennengelernt hatten, hatten sie den Kompromiss geschlossen, den Rest ihres gemeinsamen Lebens so weit wie möglich außerhalb der Stadt zu verbringen, aber dennoch nahe genug an einem Nachbarn, um sich eine Tasse Zucker borgen zu können. Alle Häuser in ihrer Straße hatten Grundstücke mit zwei bis fünf Morgen Land. Auf einem der größeren in der Gegend konnte Kellys Mutter zufrieden Hühner züchten und Gemüse anbauen, während ihr Vater Geschichte unterrichtete und half, das Footballteam der High School zu trainieren und es in zwei seiner zwanzig Jahre als Lehrer zur Staatsmeisterschaft zu führen."

Ian bog um die Ecke und suchte die Häuser zu beiden Seiten ab. „Ich weiß nicht, ob ich jemals auf dieser Seite der Stadt gewesen bin."

In Anbetracht dessen, wie klein Tuckers Bluff war, hätte Kelly gedacht, dass jeder, der jemals hier gelebt hatte, jeden Winkel der Stadt kannte. Andererseits war die Zeit von Ian und seinen Geschwistern hier in Tuckers Bluff auf ein paar Wochen im Sommer begrenzt gewesen und die meiste Zeit davon hatten sie auf der Ranch verbracht. „Ich schätze, jetzt kannst du sagen, dass du alles gesehen hast."

Eine Seite seines von Ians Mund verzog sich zu einem amüsierten Grinsen und er schüttelte den Kopf. „Wenn ich eines bei der Arbeit gelernt habe, dann, dass, wenn ich glaube, alles gesehen zu haben und mich nichts mehr überraschen könnte …"

„Dich etwas überrascht."

„Ja."

Kelly zeigte auf das zweistöckige Gebäude im Landhausstil mit einer umlaufenden Veranda, einer freistehenden Garage für zwei Autos, vergrauter Farbe und einem Fensterladen im ersten Stock, der nur noch an einer einzigen Angel hing. Das Haus wirkte ein wenig traurig.

„Parkst du in der Garage?"

Kelly schüttelte den Kopf. Solange sie denken konnte, war die Garage dem Auto ihres Vaters und dem Rasenmähertraktor gewidmet gewesen. Obwohl sie das kostbare Cadillac El Dorado Cabrio ihres Vaters schon vor langer Zeit verkaufen mussten, parkte Kelly ihr Auto immer noch in der Einfahrt. „Direkt davor reicht."

Ian bog in die halbkreisförmige Auffahrt ein, als sein Telefon mit einer Nachricht klingelte. Nachdem er vollständig zum Stehen gekommen war, beugte er sich vor und sah auf sein Handy. „Es ist Hannah. Sie hat gerade Becky abgesetzt und bringt Meg zum Bed-and-Breakfast, dann kommt sie, um mich abzuholen."

Kopfschüttelnd verzichtete Kelly darauf, das zu sagen, was sie schon zuvor gesagt hatte. An der Tankstelle hatten die Farradays die Passagiere nach Männern und Frauen auf die Fahrzeuge verteilt anstatt nach den Pärchen, als die sie Dallas verlassen hatten. Damals hatte Kelly gedacht, dass es für sie am sinnvollsten wäre, mit Hannah und den Mädchen zu fahren, aber Ian hatte darauf bestanden, sie den ganzen Weg nach Hause zu bringen. Sie konnte sich nicht entscheiden, ob es die sture ritterliche Ader war, die allen Faradays innewohnte und nach der sie sicherstellen mussten, dass ein Mädchen sicher und gesund nach Hause gebracht wurde, oder seine Verantwortung als Gesetzeshüter oder einfach nur männliche Sturheit. Sie neigte zur ritterlichen Option. Technisch gesehen war dies kein Date mit einem Farraday, aber so oder so sorgte er dafür, dass sie gesund und munter nach Hause kam.

„Da bist du ja." Kellys Mutter kam die Vordertreppe heruntergerannt und umarmte ihre Tochter. Jeder, der sie sah, könnte denken, sie hätten sich seit Monaten anstatt nur Tagen nicht mehr gesehen. Vielleicht belastete diese ganze Sache mit Kellys Großvater ihre Mutter mehr, als die Frau zugeben wollte.

Kelly zog an dem Arm, den ihre Mutter um ihren Hals gelegt hatte, und verlagerte ihr Gewicht. „Mom, ich kann nicht atmen."

„Entschuldigung, Liebes." Ihre Mutter küsste sie auf die Wange und trat zurück. „Und du musst ein Farraday sein."

„Ja, Ma'am. Ian."

„Einer von Patricks Jungs?"

„Nein Ma'am, von Brian und Anne."

„Oh ja." Janine Morgan reichte Ian die Hand. „Danke, dass du mein kleines Mädchen nach Hause gebracht hast."

Hatte ihre Mutter sie gerade ernsthaft ein kleines Mädchen genannt? Kelly war nur Sekunden davon entfernt, die Augen zu verdrehen, einen Seufzer auszustoßen, mit den Füßen aufzustampfen und ihrer Mutter zu sagen, dass sie kein kleines Mädchen mehr war. Sie war schon lange nicht mehr klein. Aber das alles hätte natürlich nur den Standpunkt ihrer Mutter bestätigt. Stattdessen biss Kelly sich auf die Zunge, lächelte und hoffte, Hannah würde kommen, bevor ihr

Großvater und ihr Onkel auftauchten und noch mehr zur Familiendarbietung beitrugen.

Die Hühner gackerten plötzlich laut und ihr Hund begann zusammen mit ein paar anderen Hunden in der Ferne zu bellen. Kelly richtete ihren Blick die Straße hinunter und betete, dass Hannah bald um die Ecke bog.

„Hau ab, Ralph." Die Stimme ihres Großvaters Herbert drang aus dem Hinterhof zu ihr. „Ich sagte Ruhe."

Durch das offene Hinterhoftor kamen kreischend und mit schlagenden Flügeln mindestens zwanzig Hühner in einer rauschenden Welle auf sie zu, dicht gefolgt von ihrem Großvater und ihrem Onkel.

„Ach Dad." Ihre Mutter stemmte ihre zu Fäusten geballten Hände in ihre Hüften. „Du hast versucht, den Hühnerstall zu reparieren, nicht wahr? Und um der Himmels Willen, hör auf, sie zu jagen."

So weit wie Ians Augen sich öffneten, als er sah, wie die Hühner nach links, rechts und in alle Richtungen liefen, dachte er wahrscheinlich, ihre ganze Familie wäre völlig verrückt.

Ihre Mutter löste ihre Schürze, drapierte sie wie einen Stierkämpfer-Umhang und begann, einige der Hühner zurück hinter das Haus zu lenken. „Steh nicht einfach nur da", sagte sie zu Kelly, doch es war Ian, der in Aktion trat. Er knöpfte sein Hemd auf, zog es aus und benutzte es genauso wie ihre Mutter die Schürze, um damit eine Handvoll Hühner zur Rückseite des Hauses zu treiben.

Wenn Kelly dachte, sie wäre wegen der Geschehnisse von gestern Nacht oder heute Morgen schon genug gedemütigt gewesen, so war nichts von beidem mit dem Hauptereignis des heutigen Nachmittags vergleichbar.

„Dad", schrie ihre Mutter, „hör auf, die Hühner zu jagen."

„Ich habe eines." Ihr Onkel Ralph hielt ein sich windendes Huhn hoch, damit alle es sehen konnten.

Ihre Mutter drehte sich zu Kelly um und reichte ihr die Schürze. „Du versuchst weiterhin, die Vögel in die richtige Richtung zu treiben. Ich werde das Hintertor bewachen, und danach finden wir heraus, was die Jungs mit dem Hühnerstall gemacht haben."

Alles, was Kelly tun konnte, war zu nicken; sie wagte es nicht, Ian anzusehen. Sie wollte nicht wissen, was ihm durch den Kopf ging. Der Mann musste denken, dass sie alle völlig verrückt waren.

Hühner. Er sollte beim Jagen der Hühnern helfen. Nicht Kellys Hüften beäugen. Gestern Abend war er durch den Besuch auf dem Revier abgelenkt gewesen und hatte nicht wirklich darauf geachtet, was Kelly trug oder ob es ihre Figur zur Geltung brachte oder auch nicht. Heute war ihre Figur unter einer lässigen Jogginghose und einem locker sitzenden T-Shirt versteckt. Aber als Kelly sich vorbeugte und die kreischenden Hühner in Richtung Tor scheuchte, waren die Umrisse ihrer Gestalt unmöglich zu verbergen. Eine schmalere Taille, die sich zu wohlgerundeten Hüften ausbreitete. Egal, wie oft er seine Aufmerksamkeit wieder auf die Hühner lenkte, jedes Mal, wenn sie in sein Blickfeld geriet, fiel ihm etwas anderes an ihr auf. Die rosige Farbe, die ihren Hals bis zu ihren Wangen hinaufstieg, die perlenartige Tönung ihrer Haut, die Art, wie sie jedes Mal auf ihrer Unterlippe biss, wenn ein Huhn in die falsche Richtung lief, und Gott stehe ihm bei, wie sich ihre Brust jedes Mal hob, wenn sie frustriert ausatmete.

„Oh mein Gott." Hannah kam kichernd den Fußweg herauf. „Ich dachte immer, es wäre lustig gewesen, wenn Mom und Dad Hühner züchten würden."

„Vielleicht solltest du das noch einmal überdenken." Kelly umkreiste zwei Hennen, die ihrem Einfangversuch entkommen waren.

„Oh, lass es mich versuchen." Hannah eilte zu den zwei widerspenstigen Hühnern. Erschrocken über ihre Annäherung schlugen beide Hühner mit den Flügeln, sprangen hoch, kreischten und rasten in Richtung Hinterhof davon.

Kelly richtete sich auf und stieß zum ersten Mal, seit das Hühnerszenario begonnen hatte, ein tiefes Lachen aus. „Wow, das hat funktioniert. Vermutlich legen sie jetzt eine Woche lang keine Eier, aber zumindest haben wir sie im Hinterhof."

„Hey", Hannah wedelte mit den Händen in der Luft und grinste, „wozu gibt es Freunde?"

Als sie endlich die letzten Hühner in den Hinterhof getrieben hatten, war Ian bereit für eine zweite Dusche, und wegen Kelly höchstwahrscheinlich für eine kalte.

Er verriegelte das Tor und drehte sich zu Kelly und ihrer Mutter um, die auf der anderen Seite des Gartens standen. Sie schüttelten den Kopf, Mrs. Morgan zeigte mit einem Hammer auf die beiden alten Männer, die neben ihnen vor dem klaffenden Loch in dem großen Drahtzaun standen, der den Hühnerstall umgab.

„Ich weiß, dass du helfen willst." Kelly ließ ihren Blick von einer Seite des Zauns zur anderen wandern und dann zurück zu ihrem Großvater.

Obwohl er ihren Großvater nicht kannte, konnte Ian die Frustration in seinem Gesicht sehen. Ob es die eines alternden Mannes war, der mit der Realität zu kämpfen hatte, nicht in der Lage zu sein, das zu tun, was er in seinen jüngeren Jahren mit Leichtigkeit hätte tun können, oder etwas anderes, wusste Ian nicht, doch der sanfte Ausdruck in Kellys Augen sagte ihm, dass auch sie seinen Frust bemerkte.

„Danke, Pops. Gib mir ein paar Minuten, um das Auto auszuladen und mich von meinen Freunden zu verabschieden, dann können wir den Zaun fertig reparieren."

„Wenn Ralph hier sein Hörgerät eingeschaltet hätte, hätte er verstanden, dass ich halten und nicht ziehen gesagt habe." Ihr Großvater bückte sich und hob einen Schraubenzieher und eine langstielige Zange auf. „Mach nur und erledige, was du tun musst, wir machen das hier fertig."

Kelly öffnete den Mund, als ob sie widersprechen wollte, doch ließ ihn letztendlich zuschnappen und nickte. „Okay."

Mit einem niedergeschlagenen Ausdruck in den Augen blickte Kelly zu Ian. Er wusste nicht, was er tun sollte, um die Situation mit ihrer Familie langfristig zu verbessern, aber er wusste genug über Viehzucht und das Reparieren von Zäunen, um zumindest bei diesem kleinen Durcheinander zu helfen. „Gentlemen, ist es in Ordnung, wenn ich Ihnen zur Hand gehe?

Die beiden Männer musterten ihn von oben bis unten und nickten wie ein Paar zusammenpassender Wackelköpfe.

„Oh, du musst nicht –", begann Kellys Mutter

„Das wird nicht –" Kellys Worte überschlugen sich mit denen ihrer Mutter.

Ian hob seine Hand und unterbrach beide. „Mrs. Morgan, Sie kennen meine Mutter und Tante Eileen wahrscheinlich gut genug, um zu wissen, dass sie mir trotz meines Alters das Fell gerben werden, wenn ich nicht zuvorkommend bin und helfe."

Kellys Mutter stieß ein leises Glucksen aus. „Da hast du Recht. Ich mache besser etwas Limonade."

Kelly wartete, bis ihre Mutter außer Hörweite war, und drehte sich zu ihm um. „Ich werde nicht widersprechen, weil ich weiß, dass du Recht hast. Aber ich weiß auch, dass du das nicht tun musstest. Danke."

„Braucht ihr noch ein Paar Hände?", fragte Hanna.

Wenn es ein großer Job gewesen wäre, hätte er das Angebot seiner Schwester angenommen. Sie und Grace waren im Ausbessern von Zäunen, sowie allen anderen Rancharbeiten genauso gut wie die Farraday-Männer, aber das hier würde er auch allein in kürzester Zeit bewältigen können. „Ich denke, wir schaffen das. Danke."

Langsam drehte sich Kelly um und ging mit ihrer Freundin davon. Ian sah zu, wie die beiden älteren Männer mehr Schaden als Nutzen verursachten, und entschied, dass dieser Job viel weniger Zeit in Anspruch nehmen würde, wenn er keine Hilfe hätte. Kein Wunder, dass Kelly wegen ihrer alternden Verwandten mit ihrem Latein am Ende war. Irgendetwas sagte ihm, dass es einfacher gewesen war, diese panischen Hühner einzupferchen, als diese beiden Männer in Schach zu halten. Er wollte gar nicht daran denken, in welche Schwierigkeiten diese alten Kauze, wie Kelly sie nannte, noch geraten könnten.

KAPITEL FÜNF

„Schaut euch das hier an."

Ian blickte zu Connor Farraday auf, der einige Meter von der Stelle entfernt stand, an der die Männer zum Mittagessen angehalten hatten. Onkel Sean war als Erster aufgestanden und kam mit Ian näher.

Connor blickte stirnrunzelnd auf den kürzlich ersetzten Zaunpfosten und schüttelte den Kopf. „Das ergibt keinen Sinn."

Der reparierte Zaunabschnitt wirkte unordentlich und unvollständig.

„Der hält nicht einmal einen neugeborenen Welpen auf." Sean Farraday zog seine Handschuhe aus der Tasche und streifte sie über, um die Arbeit genauer zu untersuchen. „Falls du oder dein Bruder an dem Tag, an dem das repariert worden ist, euer Mittagessen nicht getrunken habt und Sam uns keine Alkoholsucht vorenthalten hat, wurde dies von keinem von uns gemacht."

Connor schüttelte den Kopf. „Das habe ich mir fast gedacht."

Ian ging um seinen Cousin und seinen Onkel herum, um sich den Abschnitt genauer anzusehen. Er hatte eine gute Vorstellung davon, was ihre Aufmerksamkeit erregt hatte. Normalerweise war der Drahtzaun eng und straff gespannt. In diesem besonderen Abschnitt war er nicht nur lockerer als in den anderen, auch die Enden, die fest verdrahtet sein sollten, wirkten, als sollten sie bald wieder geöffnet werden.

Der erste Tag, an dem er für seinen Cousin Finn einsprang, und schon stand Ian vor dem zweiten Grund, warum er auf der Ranch seines Onkels Urlaub machte. Connor und sein Onkel starrten Ian fragend an. Doch er musste nichts sagen. Weder Connor noch Onkel Sean waren dumm, sie wussten bereits genau, was er dachte. Niemand aus der Familie Farraday und auch kein Rancharbeiter der Farradays hatte das getan. Wer auch immer die Zaunlinie manipuliert hatte, konnte nur einen Grund haben; er plante, wegen weiteren Rindern zurückzukehren. „Sieht so aus, als wäre jemand dumm genug zu glauben, dass die Viehzüchter aus der Gegend ihre fehlenden Kälber nicht bemerken, wenn er die Drähte nicht komplett durchschneidet."

„Das ist in etwa das, was ich auch dachte." Sean Farraday schüttelte den Kopf.

„Das war aber nicht die Weide, auf der das Kalb verschwunden ist, oder?"

Sein Onkel schüttelte den Kopf.

„Was bedeutet", Ian äußerte einen weniger angenehmen Gedanken, „es könnte wahrscheinlich sein, dass sie vorhaben, zurückzukommen."

„Wir müssen jemanden abstellen, der das im Auge behält." Sein Onkel zeigte auf den wackligen Zaunabschnitt.

Vielleicht. Vielleicht auch nicht. Ian würde sich mit einigen anderen Viehzüchtern in der Gegend, die ebenfalls einige Kälber verloren hatten, unterhalten müssen. Nichts davon ergab einen Sinn. Das alles passte nicht zu Viehdieben, zumindest nicht, wenn er nach denen ging, mit denen er zuvor zu tun gehabt hatte. Ein kleiner Teil von ihm wünschte sich, dies wäre ein echter Texas-Ranger-Einsatz und sein Partner wäre hier. Wenn auch nur, um Ideen auszutauschen.

Sean Farraday klopfte seine Handschuhe am Oberschenkel ab und steckte sie in seine Gesäßtasche. „Wir haben heute noch mehr zu tun, Gentleman."

Sein Onkel hatte recht. Sie hatten eine große Ranch zu führen. Und jetzt gab es ein neues Problem zu lösen.

Manche Tage waren einfacher als andere. Eigentlich hätte heute ein fantastischer Tag werden sollen. Das Wetter war schön, die Sonne schien hell. In der Klinik herrschte keine Hektik. Sie hatten absichtlich in der Woche nach Finns Hochzeit nur wenige Termine eingetragen, und zu Kellys Überraschung hatte es keine Notfälle gegeben. Es kam nicht oft vor, dass das gesamte Team im Café zu Mittag essen konnte. Normalerweise liebte Kelly es, nicht zwischen zwei Patienten ein Sandwich hinunterschlingen zu müssen. Warum also war sie so nervös wie eine Katze in einem Raum voller Schaukelstühle, als sie Becky und Adam über die Straße folgte?

Adam hielt Becky und dann Kelly die Tür auf und blickte sie stirnrunzelnd an. „Bist du okay?"

„Ich?" Kelly warf einen Blick nach oben auf den über ein Meter achtzig großen Farraday und bemühte sich nach besten Kräften um ein Alles-ist-mit-der-Welt-in-Ordnung-Lächeln. „Ging mir nie besser."

Adam nickte, aber sein Stirnrunzeln verschwand nicht. Ihr Chef war nicht ganz überzeugt und sie musste ihm sein Fürsorge zugutehalten. Natürlich hätte sie keinen Job, wenn er diese fürsorgliche Ader nicht besäße. Als ihr Vater vor Jahren seinen Schlaganfall erlitten hatte und sie vom College abgehen musste, um ihrer Mutter zu helfen, hatte Adam speziell für sie die Stelle als Empfangsdame geschaffen. Mittlerweile war die Position auch von Nöten, da es nun viel mehr zu tun gab. Die Stadt war gewachsen und sie waren immer beschäftigt. Trotzdem verdankte sie Adam Farradays Großzügigkeit viel. Die Tatsache, dass er sich immer noch Sorgen um sie machte, erwärmte ihr Herz.

Wenn sie jetzt nur die Nervosität loswerden könnte, die sie den ganzen Tag gequält hatte, während sie auf Neuigkeiten aus Dallas wartete, wäre wirklich alles in Ordnung mit der Welt.

„Ist das nicht eine schöne Überraschung", rief Abbie von der anderen Seite der Theke. „Sucht euch einen Platz aus, der euch gefällt, und ich komme gleich zu euch."

Die drei setzten sich in die Nische am Ende, die Adam einen klaren Blick auf die Vorderseite der Klinik ermöglichte. Der Mann löste sich selten von seinem Job. Wenn jemand wegen eines Notfalls eintraf, wäre er schon halb zur Tür hinaus, bevor überhaupt ein Anruf einging.

„In Ordnung." Abbie kam mit einem Pitcher Wasser herbeigeeilt und goss allen ein Glas ein. „Weil ich weiß, dass die Kuchen das Wichtigste sind, Frank hat Rhabarber und Apfelstreusel gemacht.

Becky griff nach ihrem Wasser. „Hat er heute Suppe gekocht?"

„Ist der Papst katholisch?" Abbie kicherte und schüttelte ihren Kopf. „Brokkoli-Käse."

„Gut." Becky rieb ihre Handflächen aneinander. „Ich liebe Franks Brokkoli-Käsesuppe."

Abbie beugte sich vor, drehte sich nach links und dann nach rechts und flüsterte leise: „Das Geheimnis ist der Käse. Er verwendet geräucherten Gouda."

„Wie auch immer er sie zubereitete, seine ist die Beste. Ich nehme bitte eine Schüssel." Becky lehnte sich mit einem zufriedenen Grinsen im Gesicht zurück.

„Kein Eintopf?"

Becky schüttelte den Kopf. „Suppe und Apfelkuchen, das ist alles, was ein Mädchen braucht, um glücklich zu sein."

Da ihr Magen verkrampft war, weil sie darauf wartete, von Ian und D.J. und Dale zu hören, dass ihre nächtliche Tortur nach der Hochzeit endlich vorbei war, hatte Kelly keinen Appetit. „Ich bin heute nicht so hungrig. Ich denke, ich werde Beckys Beispiel folgen und eine Schüssel von Franks leckerer Suppe nehmen."

Die Art und Weise, wie Abbie, Adam und Becky Kelly anstarrten und auf den Rest ihrer Bestellung warteten, untermauerte nur, was Brett ihr gesagt hatte. Sie wäre nicht so kurvig, wenn sie nicht so viel essen würde. Andererseits war Brett ein Idiot. Das wusste sie, aber vielleicht musste sie sich noch ein paarmal daran erinnern. Sie durfte sich von diesem Trottel einfach nicht beeinflussen lassen. Sie war so kurz davor gewesen, ihm zu glauben, so kurz davor, alles an sich selbst anzuzweifeln. Sie durfte ihn nicht gewinnen lassen.

Adam blinzelte als erster. Seine Brauen zogen sich für einen Augenblick zusammen und Kelly wusste, dass er überlegte, ob wieder etwas nicht stimmte. Schließlich blickte er zu Abbie. „Da ich kein Mädchen bin, nehme ich die Suppe und den Eintopf *und* den Kuchen."

„Na, geht doch." Abbie lächelte. „Ich brauche mehr gute Esser wie dich."

„Ich schätze, das bedeutet, dass meine Brüder heute noch nicht hier waren?", scherzte Adam.

„Nein." Abbie drehte ihr Handgelenk, um auf ihre Uhr zu sehen. „Aber ich vermute, dass D.J. bereits die Nachricht erhalten hat, dass seine Frau hier zu Mittag isst. Ich wette drauf, dass er hier sein wird, bevor ich Zeit habe, die Suppe zu servieren."

Niemand brauchte ein Wort der Zustimmung von

sich zu geben. Becky grinste stolz und Adam nickte. Bevor Kelly einen Gedanken fassen konnte, ertönte die Glocke über der Tür und D.J. kam herein und suchte schnell das Café ab. Als sein Blick auf seiner Frau landete, wurde sein Lächeln so breit, als hätte er sie seit Tagen nicht mehr gesehen und nicht nur seit ein paar Stunden. Kelly wusste, dass sich alle Farradays noch in der Flitterwochenphase ihrer Ehe befanden. Doch irgendetwas sagte ihr, dass all ihre Freunde immer noch denselben schnulzigen verliebten Ausdruck in ihren Augen haben würden, egal wie viele Jahre vergingen.

D.J. setzte sich neben seinem Bruder an den Tisch, löste seinen Blick von seiner Frau, blickte in Kellys Richtung und schüttelte den Kopf. Sie war sich nicht sicher, ob das schlechte Nachrichten oder keine Nachrichten bedeutete. Was sie aber wusste, war, dass D.J. seinem Bruder und seiner Frau nichts davon erzählt hatte, dass er sie neulich gerettet hatte, da er sie sonst direkt über die Situation informiert hätte.

Abbie erschien mit einem großen Tablett und stellte vier Schüsseln ab, da sie D.J.s Bestellung bereits erahnt hatte. „Beef Stew", sagte sie dem Polizeichef.

D.J. griff nach einem Löffel, tauchte ihn in den dicken Eintopf und nickte seiner Freundin zu. „Das ist genau das Richtige. Danke dir."

„Irre ich mich", Adam blinzelte seinen Bruder an, „oder siehst du ein bisschen erschöpft aus?"

D.J. schluckte den Eintopf hinunter, legte seinen Löffel ab und blickte Adam an. „Es gibt ein Gerücht in der Stadt, dass es einen Bürgerentscheid geben soll, ob Tuckers Bluff Schanklizenzen vergeben wird."

Löffel und Gabeln klirrten gegen Teller.

Adams Augen rundeten sich. „Du machst Witze? Alkohol in Tuckers Bluff?"

„Ich weiß es nicht. Bisher ist es nur ein Gerücht. Zumindest dachte ich das. Aber Mabel Berkner hat die letzten fünfundvierzig Minuten vor meinem Schreibtisch damit verbracht, mich mit einer Flut von Gründen zu bombardieren, laut derer ich inkompetent und gottlos bin, weil ich Alkohol in Tuckers Bluff zulasse."

Adam verdrehte die Augen und schüttelte den Kopf. „Das fehlt noch."

„Denkst du, Mabel weiß etwas, was wir nicht wissen?", fragte Kelly.

„Falls ja, weiß sie mehr als ich, der Bürgermeister *und* der Stadtrat."

„Aber du wirst nachfragen, nicht wahr?" Adam nahm seinen Löffel.

D.J. nickte. „So sehr Mabel und ihr Gartenbauverein mich und meinen Vorgänger mit ihrer Spitzfindigkeit in Bezug auf Denkmalschutz und akzeptable Lackfarben, Statuen der Gründerväter und die Frage, ob Pater Tims Bingo am Mittwochabend die Moral der Stadt untergräbt oder nicht, in den Wahnsinn getrieben haben, steckt in ihren wirren Anschuldigungen doch immer ein Quäntchen Wahrheit."

„Ich kann mir nicht vorstellen, dass jemand auf der Main Street einen Spirituosenladen eröffnen möchte." Adam rührte seine Suppe um.

Becky kicherte. „Vielleicht wollen die Schwestern Brandy für den Nachmittagsklatsch verkaufen."

„Wahrscheinlich haben sie schon eine Flasche unter der Kasse versteckt." Kelly schlug sich die Hände vor den Mund und sah zu Abbie hinüber, die hinter der Theke stand. Mehr als einmal hatte sie miterlebt, dass Abbie jemandem ein kleines Extra in den Kaffee schüttete, wenn die Nerven beruhigt werden mussten. Kelly wollte niemanden in Schwierigkeiten bringen, obwohl sie sich ziemlich sicher war, dass D.J. mehr darüber wusste als sie.

„So oder so", Adam sah seinen Bruder an, „die Stadt muss darüber abstimmen, oder?"

„Ja", D.J. nickte. „Im Bundesstaat Texas gibt es mindestens fünfzehn verschiedenen Arten des Alkoholverkaufs. Wenn man Mabel zuhört, könnte man meinen, dass gleich fünfzehn verschiedene Läden mit allen Variationen aus dem Boden springen werden. Von Schnapsläden über Bordelle, die Mixgetränke servieren, bis hin zu Lebensmittelgeschäften in denen Bier verkauft wird."

Adams Brauen zogen sich immer weiter seine Stirn hinauf. „Ich vermute, das Bordell war Mabels eigene Interpretation der aktuellen texanischen Alkoholvorschriften."

D.J. verdrehte die Augen und stieß einen Seufzer aus. „Nach fünfundvierzig Minuten mit Mabel hätte ich nichts gegen einen Drink, egal wo er serviert wird."

Becky verschränkte die Arme. „Verzeihung?"

Kelly bedeckte ihren Mund mit ihrer Hand und verbarg ihr Lächeln.

Adam hingegen gab sich keine Mühe, sein Gelächter zu kontrollieren. „Oh, jetzt hat sie dich erwischt, kleiner Bruder."

„Es ist Mabel. Die Frau kann jeden vernünftigen Mann in den Wahnsinn treiben."

Mit Tellern beladen erschien Abbie am Tisch. „Ich bedauere vielleicht, gefragt zu haben, aber was hat die Frau jetzt schon wieder gemacht?"

„Außer meine Geduld auf die Probe zu stellen? Eigentlich nichts. Aber wenn sie recht hat und es einen Bürgerentscheid bezüglich Alkoholverkauf in Tuckers Bluff gibt, wird hier bald der Teufel los sein."

KAPITEL SECHS

An seinem zweiten Abend auf der Ranch seines Onkels auf das Abendessen zu verzichten, war nicht nach Ians Geschmack. In der Familie Farraday war die Abendessenszeit heilig. Wenn es etwas gab, was noch heiliger war, dann das Familienessen. Aber da er nur ein paar Wochen Urlaub hatte, musste er in die Stadt, um sich weitere Informationen über die Rancher zu besorgen, die ebenfalls Kälber vermissten. Und dafür hatte er nur jetzt Zeit, da er morgen auf der Ranch arbeiten musste.

Er war kaum auf die Hauptstraße abgebogen, als er einen wohlgerundeten Hintern unter der Motorhaube eines vertrauten Autos vor Adams Klinik hervorragen sah. Die Lichter in der Klinik waren aus und er vermutete, dass Adam keine Ahnung hatte, dass der Wagen seiner Empfangsdame liegengeblieben war.

Er fuhr auf den Parkplatz neben dem Café, parkte und trottete zu ihrem Auto. „Brauchst du Hilfe?"

„Was … autsch."

Der Schlag ihres Kopf gegen das Metall ließ ihn zusammenzucken. „Tut mir leid. Ich wollte dich nicht erschrecken."

Sie rieb sich mit einer Hand den Hinterkopf und blickte mit zusammengekniffenen Augen auf. „Geschieht mir recht, dass ich die dummen Lichter ignoriert habe."

„Welche Lichter?"

„Alle." Die Überraschung in seinem Gesicht musste deutlich erkennbar gewesen sein, denn sie erklärte es ihm sofort. „Ich war heute Morgen fast in der Klinik, als das Armaturenbrett aufleuchtete. Ich dachte, ich könnte bis nach der Arbeit warten, um zu Ned zu fahren, aber das blöde Ding springt nicht mehr an."

„Verstehe. Darf ich?"

Sie wischte sich die Hände ab und trat zur Seite. „Gehört ganz dir."

Es dauerte nur wenige Minuten, um die wahrscheinliche Ursache für ihr Problem auszumachen. Die Lichtmaschine. „Weiß Ned, dass du kommst?"

Kelly nickte. „Ich habe ihn nach der Arbeit angerufen."

„Gut. Denn ich denke, du wirst seinen Abschleppwagen brauchen."

„Wirklich?" Sie biss sich auf die Unterlippe und warf einen Blick zurück unter die Motorhaube. „Ich hatte gehofft, es wäre nur ein lockeres Batteriekabel oder vielleicht etwas Rost, den ich mit einer Dose Cola entfernen könnte."

Das brachte ihn zum Lachen. Nicht so sehr, weil es eine schlechte Idee war, sondern weil so viel alltäglicher Schmutz mit einer Dose Cola entfernt werden konnte. Und trotzdem tranken die Leute das Zeug immer noch. „Vielleicht reicht auch ein neuer Keilriemen, damit du wieder fahrtüchtig bist."

„Oh", ihre Schultern strafften sich und ihr Gesichtsausdruck wurde weicher, „das sollte nicht viel kosten."

Wahrscheinlich nicht. Selbst wenn sie eine neue Lichtmaschine brauchte, wie er vermutete, sollte das nicht unverschämt teuer sein. Ned war ein feiner Kerl, aber Ian konnte immer noch die Sorge in ihrem Gesicht sehen. Hatte die Kleine in letzter Zeit nicht schon genug Pech gehabt? „Hör zu, hast du schon zu Abend gegessen?"

Ihre Augen weiteten sich vor Überraschung, aber er hatte keine Ahnung warum. Jeder musste essen, und obwohl er sich mit seinem Cousin wegen dieser Sache mit dem vermissten Kalb treffen musste, konnte das warten, bis er einen Happen zu sich genommen hatte.

„Ich ..." Kelly blickte auf ihr vibrierendes Handy hinab. Es ist Ned. Er ist auf dem Rückweg in die Stadt, weil er einen Anhänger von Ken Brady abschleppen musste. Er trifft mich in etwa einer Stunde." Ihr Blick traf seinen und schöne grüne Augen blinzelten. „Ich schätze, ich werde es nicht rechtzeitig zum Abendessen nach Hause schaffen."

„Dann komm mit mir ins Café?"

Diese hübschen grünen Augen weiteten sich ein zweites Mal.

„Nur ein Abendessen", sagte er schnell. Obwohl er ihr nur versichern wollte, dass er keine bösen Absichten hatte, fragte er sich, ob er vielleicht das Falsche gesagt hatte, als das Leuchten in ihren Augen sofort schwächer wurde. „Bitte."

Ihr zaghaftes Nicken half nicht gerade dabei, ihn zu beruhigen, dass er ihre Gefühle nicht irgendwie verletzt hatte. Während Ian die Motorhaube zuknallte, holte Kelly ihre Handtasche vom Rücksitz und stellte sich lächelnd vor ihn. „Bereit."

Vielleicht hatte er sich mit seiner vorschnellen Einschätzung geirrt. Vielleicht hatte er nichts Falsches gesagt. Andererseits, was wusste er schon über Frauen?

Sie waren nur wenige Meter vorangekommen, als sie ihren Schritt verlangsamte. „Gibt es Neuigkeiten bezüglich meiner ...", sie blickte nach links und dann nach rechts und flüsterte, „Verhaftung?"

So in das kaputte Zaunstück vertieft, über das sie heute gestolpert waren, war Dales Anruf am frühen

Nachmittag ihm völlig aus seinem Gedächtnis entglitten. „Ja. Es tut mir leid. Es war ein arbeitsreicher Tag, aber alles ist geklärt. Du musst nicht vor Gericht erscheinen und es wird auch keinen Eintrag in deiner Akte geben."

Kaum einen halben Meter von ihr entfernt, konnte er ihren tiefen Seufzer der Erleichterung gut ören. Er war ein Idiot, weil er sie nicht sofort angerufen oder zumindest dafür gesorgt hatte, dass D.J. sich bei ihr meldete. Er fühlte sich mies, weil er wusste, dass sie sich den ganzen Nachmittag darüber Sorgen gemacht hatte, während sich seine Gedanken um fehlende Kälber gedreht hatten.

„Vielen Dank, dass du an D.J.s Handy gegangen bist und für alles andere. Ich möchte nicht einmal darüber nachdenken, was passiert wäre, wenn ich dort die ganze Nacht hätte schlafen oder schlimmer noch ein paar Tage im Gefängnis hätte verbringen müssen. Ich schulde dir etwas. Euch allen."

Als er nach der Cafétür griff, lächelte Ian. „Dafür sind Freunde da."

„Gott sei Dank."

„Hallo." Abbie winkte. „Ich hatte nicht damit gerechnet, dich so schnell wieder in der Stadt zu sehen. Sieht so aus, als hätte Finn sich geirrt. Du hältst dich nach einem anstrengenden Arbeitstag wirklich gut."

Ian musste laut lachen. Er wusste nicht, was zum Teufel seine Cousins dachten, was er den ganzen Tag in seinem regulären Job tat. Natürlich musste er zugeben, dass es einige Tage gab, die einfacher waren als andere, aber es gab auch Tage, an denen er doppelt so hart arbeitete wie jeder seiner Cousins. Ob auf einer Ranch oder nicht, spielte dabei keine Rolle.

„Nur ihr zwei, oder erwartet ihr noch jemand anderen?"

„Nur wir zwei", antwortete Ian.

Abbie lief um den Tresen herum. „Sucht euch einen Tisch aus. Ich komme gleich mit etwas Wasser vorbei und nehme eure Bestellung auf."

„Für mich bitte einen Eistee." Kelly lächelte die Cafébesitzerin an. Ein nettes Lächeln. Hell, aufrichtig, schön anzusehen.

Kaum hatten sich die beiden an den Tisch gesetzt, tauchte Abbie auch schon mit den Getränken in der Hand auf. „Das Special für heute Abend ist Pasta Puttanesca."

„Ich kann mich nicht erinnern, dass Frank das schon einmal gemacht hat." Kelly runzelte die Stirn.

Abbie winkte mit dem Finger. „Als er bei dir zu Hause aushalf, kamen er und dein Grandpa anscheinend über ihre Zeit beim Militär ins Gespräch. Anscheinend haben beide viel Zeit in Italien verbracht. Dein Grandpa bei der Navy und Frank bei den Marines."

„Oh Gott." Kelly zuckte zusammen. „Ich hoffe Gramps hat Frank nicht beleidigt."

„Beleidigt?" Nach der kurzen Zeit, in der er dabei geholfen hatte, die Hühner einzufangen, konnte Ian sich nicht vorstellen, dass ein so netter alter Mann jemanden beleidigen könnte. Besonders jemanden, der so schroff und taff war wie Frank.

„Ich denke, Jarhead ist das Freundlichste, was ich Gramps jemals über einen Marine sagen hörte. Und wenn ich mich nicht irre, mögen Marines diesen Spitznamen nicht wirklich."

„Vielleicht nicht", Abbie zuckte mit einer Schulter, „aber soweit ich weiß, haben sich die beiden blendend verstanden. Und was auch immer sie geredet haben, Frank hat danach sofort angefangen alte Rezepte aufzupeppen. Ich bin nur froh, dass mich niemand gefragt hat, was Puttanesca heißt."

Diesmal verkniff sich Ian ein Lächeln. Eines der

vielen Gerichte, für die Neapel berühmt war, war seine *Hurenpasta*, obwohl niemand wirklich sagen konnte, wie die Spaghettisauce zu ihrem Namen kam.

„Was auch immer es bedeutet, ich bin mir sicher, dass sie köstlich schmeckt." Kelly nickte. „Ich werde sie versuchen."

„Mach zwei daraus", fügte Ian hinzu.

„Zweimal Pasta Puttanesca. Kommt sofort."

Ian wartete einen Moment, bis Abbie verschwunden war, bevor er sprach. „Wie gehen die Reparaturen am Haus voran?"

„Gut. Er kommt ungefähr eine Stunde vorbei, nachdem das Café geschlossen hat, und macht ein bisschen hier, ein bisschen dort. Frank ist ein genauso guter Handwerker wie Koch."

„Das überrascht mich nicht. Weißt du, was er bei den Marines gemacht hat?"

„Keine Ahnung." Kelly drehte ihre Handflächen nach oben. „Eigentlich weiß ich sehr wenig über ihn. Hört sich so an, als wüsste mein Großvater jetzt mehr über ihn als jeder andere in der Stadt. Außer vielleicht Abbie."

„Diese Frau wäre eine großartige Barkeeperin geworden. Ich wäre nicht überrascht, wenn sie die Geheimnisse von jedem hier in der Stadt kennen würde."

Kelly konnte sich ein Lachen nicht verkneifen. Ian fand, dass sie ein nettes Lächeln hatte, aber ihr Lachen mochte er noch mehr. Jetzt, wo er sich ein paar Sekunden Zeit nahm, um darüber nachzudenken, gab es einiges an Kelly, das er mochte. Schade, dass er nicht lange genug hier sein würde, um deswegen etwas zu unternehmen.

Kelly wusste nicht, wo sie hinsehen sollte. Sie war sich sicher, dass sie wahrscheinlich jedes Mal, wenn Ian sie anlächelte, so rot wie ein verknalltes Schulmädchen wurde. Sie hatte in den letzten zwei Tagen mehr Zeit mit Ian Farraday verbracht als in ihrem bisherigen Leben. Und sie hatte als Teenager viel Zeit damit verbracht, alle Farraday-Brüder und ihre Cousins auszuspionieren. Sie waren alle tabu gewesen, aber es hatte ihr nichts ausgemacht, hin und wieder ein Auge auf sie zu werfen. Als sie die High School abgeschlossen hatte und aufs College ging, hatte sie eine gesunde Immunität gegen Grace' Brüder entwickelt, und sie hatte auch gedacht, gegen ihre Cousins. Bis jetzt. Sie mochte sich ja in der Nähe von Adam und seinen Brüdern wie eine kleine Schwester fühlen, aber nichts von dem, was sie gerade bei Ian empfand, hatte auch nur im Entferntesten mit einem großen Bruder zu tun.

„Apropos", Kelly spielte mit dem Strohhalm in ihrem Glas, „wenn die Gerüchte über einen Bürgerentscheid zum Verkauf von Spirituosen wahr sind und die Stadt Ausschanklizenzen ausgibt, könnte Abbie noch viel mehr Gelegenheiten bekommen, sich interessante Geschichten anzuhören."

Ian schüttelte den Kopf. „Ich denke nicht, dass sie mehr als Wein oder Bier zum Abendessen serviert."

„Stimmt." Kelly zuckte mit den Schultern. „Trotzdem ist das bei manchen Leuten alles, was es braucht."

„Ehrlich gesagt, bei all den Hürden, die einem in den Weg gestellt werden, um eine Schanklizenz zu bekommen, wäre ich nicht überrascht, wenn sie das Café zu einem Bring Your Own Bottle-Restaurant erklärt."

„Hey", Ken Brady hielt an ihrem Tisch inne und streckte Ian seine Hand hin. „Ich habe gehört, dass du ein paar Wochen hier sein würdest. Wir sollten Freitagabend nach Butler Springs fahren."

Ian blickte auf. „Vielleicht. Erstmal sehen, wie die Woche läuft."

„Wirst du schon zu einem alten Mann?" Ken lachte. Er war näher an Finns Alter als an dem von Ian, und Kelly konnte an dem Aufblitzen in Ians Augen erkennen, dass er den Seitenhieb gegen sein Alter nicht zu schätzen wusste. „Übrigens, habt ihr gehört, ob an dem Gerücht über den Bürgerentscheid etwas Wahres dran ist?"

Ian zog träge eine Schulter hoch und schüttelte den Kopf. „Es ist noch nichts bestätigt."

Ken leuchtete wie ein Weihnachtsbaum. „Verdammt noch mal. Lieber Gott, können wir bitte endlich einen eigenen Nachtclub bekommen, damit wir nicht den ganzen Weg zum Boots and Scoots in Butler Springs fahren müssen."

„Mir passt es so, wie es ist." Abbie stellte zwei Teller auf den Tisch. „Du willst näher zu Hause tanzen, das ist in Ordnung, aber das Letzte, was ich brauche, ist Konkurrenz, die mir meine Gäste zum Abendessen stielt."

Ken legte einen Arm um Abbies Schulter. „Ich sag dir was, wenn sich herausstellt, dass der Bürgerentscheid mehr als ein Gerücht ist und durchgeht, räumst du ein paar Tische zum Tanzen beiseite und füllst deinen Kühlschrank mit ein paar Bier, und ich gehöre ganz dir."

Abbie verdrehte die Augen und glitt aus Kens ruhendem Arm. „Vielleicht muss ich meine Meinung über einen Nachtclub noch einmal überdenken", neckte sie.

Die Glocke, die einen weiteren Kunden ankündigte, ertönte, und D.J. und Becky kamen herein. Der Mann brauchte nur ein paar Sekunden, um den Ort zu überfliegen und seinen Cousin zu entdecken.

„Sieht so aus, als würden wir einen größeren Tisch

brauchen." Kelly blickte durch das Café. „Erwartest du jemanden?", fragte sie Ken.

„Eigentlich bin ich hier, um eine Bestellung abzuholen. Mom geht es nicht gut und das Letzte, was wir wollen, ist, dass mein Dad kocht."

D.J. erreichte den Tisch. „Hat er noch ein Feuer gelegt?"

„Oh bitte", seufzte Kelly, „erwähne keine Brände."

„Tut mir leid, Kel." D.J. zuckte zusammen.

„Keine Brände mehr", antwortete Ken, „und wir wollen, dass es so bleibt."

„Du kannst dir genauso gut einen Stuhl holen, während du wartest." D.J. deutete auf den Tisch und dann auf seinen Cousin. „Warum setzt du dich nicht auf die andere Seite, damit ich mich zu Becky setzen kann?"

„Bring den Mann nicht dazu, sich zu bewegen." Becky ging auf Kellys Seite des Tisches.

Es kam nicht oft vor, dass der Polizeichef der Stadt beinahe schmollte. Eigentlich hatte sie den Polizeichef noch nie schmollen gesehen. Aber verdammt, D.J.s Gesichtsausdruck war zum Brüllen.

„Mach dir nicht ins Hemd." Ian schob seinen Teller auf den leeren Platz neben Kelly, glitt dann aus der Nische und machte es sich neben ihr bequem.

Ja, sie hatte gestern mehrere Stunden mit dem Mann in einem Auto verbracht, aber zwischen ihnen war die Mittelkonsole gewesen. Außerdem hatte sie sich mehr Sorgen darüber gemacht, ob sie möglicherweise nach Dallas zurückkutschiert werden müsste, um noch mehr Zeit im Gefängnis zu verbringen, und darüber, was ihr Großvater mit dem Haus gemacht hatte, anstatt dem gutaussehenden Mann, der ihr Auto fuhr, ihre Aufmerksamkeit zu schenken. Da sich nichts Katastrophales am Horizont abzeichnete, war ihr Geist frei, um diesen gutaussehenden Farraday neben sich wahrzunehmen und zu begutachten.

Von der anderen Seite der Küchentheke aus rief Abbie Ken zu: „Noch fünf Minuten, dann kannst du los.“

„Danke.“ Ken zog sich den Stuhl vom nächsten Tisch heran, setzte sich rittlings darauf und ließ seine Arme über die Rückenlehne hängen. „Da wir noch ein paar Minuten haben, hast du noch etwas über die fehlenden Kälber herausgefunden?“

Ian legte seine Gabel weg. „Bei euch sind auch Kälber verschwunden?“

„Ja. Als wir es das erste Mal bemerkten, dachten wir, jemand hätte sich verzählt. Dann ging das zweite Kalb verloren, also erwähnte ich es gegenüber D.J., um zu sehen, ob noch jemand im County etwas gemeldet hatte.“

D.J. nickte. „Und deshalb haben Dad und Finn die Weiden ein zweites Mal überprüft.“

„Dabei fand Grace den kaputten Zaun und die Zigarettenkippen. Und heute haben wir einen behelfsmäßig reparierten Zaunabschnitt entdeckt.“ Ian winkte seinem Cousin zu. „Genau deswegen bin ich in die Stadt kommen, um mit dir darüber zu reden.“

D.J. wandte sich an Ken. „Sind noch mehr Kälber verschwunden?“

„Nein.“ Ken schüttelte den Kopf. „Aber meine Weide ist nur einen Bruchteil so groß wie eure. Wie viele Kälber vermisst eure Ranch?“

„Bisher nur eines, aber ich habe ein paar benachbarte Rancher kontaktiert, damit sie ihre Kälber zählen, und vor einer Weile erhielt ich einen Anruf von Stan Rankin –“

„Er hat auch Kälber verloren?“, fragte Ian.

„Keine Kälber.“, verkündete D.J.. „Ein Kalb.“

Ian streckte seine Arme mit den Handflächen nach oben und stieß dabei gegen Kelly. „Tut mir leid“, sagte er zu ihr, bevor er zu seinem Cousin aufsah. „Wer stiehlt eine Kuh von einer Ranch?"

„Das wären vierzehn Ranches und siebzehn Kälber in den letzten paar Monaten, von denen ich weiß, und der Grund, lieber Cousin", D.J. lehnte sich zurück und verschränkte die Arme, „warum wir dich hergeholt haben."

Kelly ließ ihren Blick von ihren Freunden, über Ken – ebenfalls ein Freund seit ihrer Kindheit – zu Ian wandern, der viel zu dicht neben ihr saß. So wie es sich anhörte, war sie nicht die Einzige in der Stadt, die bis zum Hals in verrückten Schwierigkeiten steckte.

KAPITEL SIEBEN

„Die Neun ist Karo, kein Herz." Eileen deutete mit dem Finger auf die Karten ihrer Freundin. Sie hatte an diesem Dienstagmorgen die Ranch früh verlassen und war in die Stadt zum Treffen des Ladys-Clubs gefahren, nachdem sie das Frühstück zubereitet und Sean und Ian mit einem Lunchpaket für den Tag verabschiedet hatte. Obwohl sie zuhause auf Kaffee verzichtet hatte und hier noch nicht einmal die Hälfte ihrer ersten Tasse getrunken hatte, konnte sie die nicht passende Karte von der anderen Seite des Tisches aus immer noch gut sehen.

Ruth Ann senkte den Blick auf das angeblich Straight Flush, das sie vor sich hingelegt hatte. „Verdammt. Wie konnte ich das übersehen?"

Dorothy, ein weiteres langjähriges Mitglied des Tuckers-Bluff-Ladys-Clubs, spähte über den Rand ihrer Spielkarten und starrte Ruth Ann demonstrativ an. „Das liegt daran, dass du dich weigerst, deine Brille zu tragen."

Sally May schüttelte den Kopf. „Sie hat recht. Wenn Ralph zur Tür hereinkommt, wird dich eine von uns warnen, damit du die Brille abnehmen kannst."

Ruth Ann schielte wieder auf ihre Karten.

„Oh, um Himmels Willen." Eileen warf ihre Karten auf den Pot. Sie würden die Hand sowieso noch einmal spielen müssen. „Ralph ist es egal, ob du eine Lesebrille trägst. Es ist nicht mehr neunzehnhundertsechsundsechzig. Niemand wird dich Vierauge nennen. Verdammt, Brillen sind zu einem Modestatement geworden. Das fing in den Siebzigern mit Elton John an und hört mit Lady Gaga noch lange nicht auf."

„Besorg dir einfach ein schönes buntes Gestell mit ein paar Strasssteinen und du wirst toll aussehen," sagte Dorothy ein wenig zu fröhlich.

„Ich bin mir nicht sicher, ob der alte Ziegenbock es überhaupt merken würde, wenn du eine Brille trägst." Sally May sammelte die Karten aus der Mitte des Tisches zusammen.

Ruth Ann verdrehte die Augen. „Er ist nicht blind und so alt ist er auch noch nicht."

„Entschuldigung." Sally May setzte ein breites Grinsen auf. „Und wann ist euer nächstes Date?"

„Ich weiß nicht." Ruth Ann seufzte. „Ich glaube, er ist wegen des Feuer im Waschbecken abgelenkt."

Wenn Ruth Ann nicht so verloren aussehen würde, hätte Eileen sie zumindest ein bisschen aufgezogen.

Dorothy hob die gemischten Karten ab. „Ich bin sicher, du wirst wieder von ihm hören, sobald alles wieder normal ist." Ungebeten wanderten Eileens Gedanken über fünfundzwanzig Jahre zurück an einen Ort und in eine Zeit, die sie schon lange begraben hatte. Grace hatte gerade angefangen, sich alleine hochzuziehen, ihr Schwager Sean hatte alle Bewerberinnen auf die Nanny-Stelle abgewiesen, und Eileen hatte ihre Hochzeit erneut verschoben. Glen hatte am Telefon die Beherrschung verloren und lautstark aufgehängt. Anne Farraday, die damals in ihrer Nähe gewesen war, hatte, als sie den Schmerz in ihren Augen bemerkte, etwas sehr Ähnliches gemurmelt: *Bald wird sich alles wieder normalisieren und dann wirst du wieder von ihm hören.*

Und das hatte sie. Einen Monat später war er mit Sally Marshall verlobt.

„Erde an Eileen." Dorothy wedelte mit der Hand

vor Eileens Gesicht herum.

„Sorry, was?"

Dorothy zog ihre Karten dicht an ihre Brust und beugte sich vor. „Ich sagte, dass der alte Golfplatz gemäht wurde. Hast du von irgendwelchen Plänen zur Wiedereröffnung gehört?"

„Warum zum Teufel sollte irgendjemand den Laden wieder öffnen wollen?" Sally May hielt kurz inne, bevor sie ihr eine Karte in die Hand drückte.

Dorothy zuckte mit den Schultern. „Vielleicht kommt eine neue Ölfirma in die Gegend. Wenn jemand eine Schanklizenz für das Clubhaus möchte, würde er dafür sorgen, dass der Golfplatz bespielbar ist, was darauf schließen ließe, dass sich etwas Großes in Richtung Stadt bewegen könnte."

„Das sind eine ganze Menge *Konjunktive*, findest du nicht?", mischte sich Ruth Ann ein.

„Weiß nicht." Dorothy zog ihre Brauen hoch auf ihre Stirn und legte lächelnd ihren Kopf schief. „Bürgerentscheid. Gemähter Golfplatz. Das muss etwas bedeuten."

„Ja", Sally May blickte von ihrer Hand auf, „es bedeutet, dass Gerüchte ein Eigenleben entwickeln, wenn die Leute anfangen zu spekulieren. Ich bin dafür, wir spielen weiter Karten."

Dorothy verdrehte die Augen, stieß ein leises Schnauben aus und ließ sich in ihren Sitz zurückfallen.

Als die Gerüchte-Debatte vorbei war, versuchte Eileen, sich auf die Karten in ihrer Hand zu konzentrieren, aber ihre Gedanken wanderten immer wieder zurück zu Glen und Sally Marshall.

„Eileen!" Drei Gesichter starrten sie an. Offensichtlich war ihr eine weitere Frage entgangen.

„Was?"

„Hast du von Finn gehört?" Dorothy betonte die Worte so, als wäre Eileen verrückt und nicht abgelenkt.

„Natürlich nicht. Er ist auf Hochzeitsreise." Welcher erwachsene Mann löst sich aus der Zweisamkeit mit seiner neuen Frau, um seine Tante anzurufen? Hatten all ihre Freunde verlernt zu denken?

„Wie du Ruth Ann bereits gesagt hast, wir schreiben nicht mehr neunzehnhundertsechsundsechzig. Die Kinder haben Handyverträge mit kostenlosen Ferngesprächen, sie verbringen mehr Zeit in ihren Apps als mit zwischenmenschlicher Kommunikation und –"

„*Flitterwochen*", wiederholte Eileen mit mehr Nachdruck. „Es ist mir egal, ob Finn kostenlos auf dem Mars anrufen könnte."

„Sie hat Recht." Sally May hob und senkte anzüglich ihre Augenbrauen, bevor sie ein schelmisches Grinsen herunterschluckte.

„Gut." Dorothy fächerte ihre Karten auf und bewegte sie mit etwas mehr Begeisterung als nötig hin und her. „Vergesst, dass ich etwas gesagt habe."

Was Eileen wirklich gerne vergessen würde, war der ungeöffnete Brief, der seit Wochen auf ihrer Kommode lag. *Dann wirst du wieder von ihm hören.*

Das Ranchleben fing früh am Morgen in der Dunkelheit an. Normalerweise wäre Ian alles andere als begeistert gewesen, noch vor Tagesanbruch aufzustehen, doch heute schätzte er diese ruhige Zeit. Es war Zeit für harte Arbeit, Zeit zum Nachdenken.

Nach dem Abendessen gestern Abend gingen er und D.J. zurück in D.J.s Büro und erstellten eine Zeitleiste der Meldungen aller verlorenen Rinder von denen sie wussten. Die Schlussfolgerung die sie daraus zogen, war, dass es sich entweder um unglaublich dumme Diebe handeln musste, die damit kaum genug

Geld zum Leben verdienen konnten, oder um einen brillanten Ring aus Gaunern, der sich viel weiter erstreckte als nur auf dieses kleine Stück von West-Texas und mit unauffälligen Diebstählen einzelner Tiere praktisch ganze Viehherden anhäufte. Er würde jedoch auf ersteres wetten.

Deshalb hatte er die ganze Nacht damit verbracht, über mögliche Gründe für die Viehdiebstähle nachzudenken, bei denen es sich nicht, wie für Viehdiebe üblich, um ausgewachsenen Rinder sondern um Kälber handelte. Das Ganze ergab weder für ihn noch für D.J. oder sonst jemanden in der Familie einen Sinn. Trotz ihrer Erfahrungen konnte sich keiner von ihnen einen Reim daraus machen.

„Du denkst an das vermisste Vieh, nicht wahr?", fragte Onkel Sean.

„Diese ganze Situation ist ein gewaltiges Puzzle, bei dem kein Teil zum anderem passt."

„Du erzählst mir nichts, was ich nicht weiß." Sean zog seine Handschuhe aus und stopfte sie in seine Gesäßtasche. „Wir sind mit diesem Stück Zaun fertig. Ich denke, ich sollte vielleicht den Wasserstand an einem der Brunnen überprüfen, die Probleme machen."

„Brauchst du Hilfe?"

„Nein." Sean Farraday schüttelte den Kopf. „Du kannst ruhig noch einmal die Weide mit unserem vermissten Kalb überprüfen."

Ian unterdrückte ein Lächeln. Als er ein Kind war, schienen sowohl sein Vater als auch sein Onkel die unheimliche Fähigkeit zu haben, genau zu wissen, was er und seine Cousins vorhatten. Ein paar Jahre lang hätte er jedem geglaubt, der ihm erzählt hätte, dass die Farraday-Männer Gedanken lesen konnten. Auch wenn es jetzt keinen Sinn mehr machte, war er überhaupt nicht überrascht, dass sein Onkel wusste, dass er darauf brannte, die Stelle zu überprüfen, an der Grace die

Zigarettenkippen gefunden hatte. Ja, der Zaun war schon vor geraumer Zeit repariert worden, aber er wollte es sich trotzdem noch einmal selbst ansehen. Und sein Onkel wusste das. „Ich bringe das Pferd zurück in den Stall und fahre mit dem Quad auf die Weide."

Onkel Sean blickte in die Richtung, in die er gehen wollte, dann wieder zu Ian. „Vielleicht sollte ich mitkommen."

„Unsinn. Diesmal reicht ein Augenpaar."

Sein Onkel zögerte und wägte Ians Worte ab. „Wahrscheinlich hast du recht. Ich treffe dich dann vor dem Abendessen im Ranchhaus."

„Klingt nach einem Plan." Ian bestieg das Pferd seines Cousins Finn. Das gut trainierte Tier reagierte auf die leichtesten Bewegungen. Er hätte sich jedes Pferd zum Reiten aussuchen können und sie alle würden sich als hervorragend ausgebildete Tiere erweisen. Obwohl all seine Cousins fantastisch mit Ranchtieren umgehen konnten, vollbrachte Connor wahre Wunder mit Pferden jeglicher Herkunft. Auch wenn Ian schon früh die besondere Art seines Cousins im Umgang mit Tieren, insbesondere Pferden, beobachtet hatte, überraschte es ihn immer noch, wie gut Connor darin war und wie viel er bewirken konnte.

Brandy kannte den Weg nach Hause. Ian hatte überlegt, weiterzureiten, um die Zaunlinie zu überprüfen, entschied sich jedoch, das Pferd nicht noch länger zu beanspruchen. Er war kaum abgestiegen, als ein kurzes Rascheln seine Aufmerksamkeit erregte. Zögernd lauschte er aufmerksam. Nichts. Er war sich nicht einmal sicher, aus welcher Richtung das Geräusch gekommen war. Nachdem Brandy abgekühlt, gebürstet und zurück in ihrer Box war, hörte Ian ein weiteres Rascheln und Klappern Aber dieses Mal konnte er ausmachen, dass die Geräusche aus der Richtung des

Hauses kam.

Er wusste, dass seine Tante immer noch mit dem Ladys-Club in der Stadt war, Onkel Sean draußen arbeitete und Sam und Connor auf einer abgelegenen Weide waren, um eine neue Zaunlinie zu installieren. Alle von ihnen würden erst viel später zurückkehren. Wer oder was verursachte also diese Geräusche in der Nähe des Hauses?

Auch wenn er nicht wirklich damit rechnete, auf Ärger zu stoßen, wusste er, wie leicht man in Schwierigkeiten geraten konnte, besonders wenn die Möglichkeit bestand, dass sich Diebe in der Gegend herumtrieben. Aus diesem Grund griff er nach einem Gewehr und vergewisserte sich, dass es geladen war. Ein ungeladenes Gewehr auf einer Ranch aufzubewahren, war zwar sinnlos, aber er arbeitete schon lange genug in seinem Job, um zu wissen, dass man seine Waffe immer überprüfen sollte.

In dem Bemühen, so leise wie möglich zu bleiben, machte er langsame, vorsichtige Schritte in Richtung der Geräusche. Fast bei der hinteren Veranda abgekommen, versteckte er sich hinter einem verwucherten Salbeibusch und suchte das Anwesen sorgfältig von links nach rechts ab, wobei er jedes Fenster und jede Tür genau in Augenschein nahm, um nach Spuren eines möglichen Einbruchs Ausschau zu halten. Da er nichts Ungewöhnliches bemerkte, überblickte er die Gegend noch einmal, als ein weiteres lauteres Klappern seine Aufmerksamkeit auf die Ostseite des Hauses lenkte.

Da er von seinem Standort aus nichts sehen konnte, wagte er es, ins Freie zu treten. Mit größeren Schritten eilte er um die Ecke herum und drückte sich gegen die Verkleidung des Hauses. Er warf seinen Hut hinter sich und reckte den Kopf um die Ecke, um besser sehen zu können. Nichts. Aber etwas hatte die Geräusche verursacht. Dann hörte er es wieder, ein weiteres Scheppern. Diesmal schlug ein umgestürzter Mülleimer gegen das Zementfundament. Sofort richtete Ian seine Aufmerksamkeit auf die Fenster über ihm. Keine Spur von gebrochenem Glas oder wehenden Vorhängen.

Ian stieß einen leisen Seufzer aus. Ohne ein Zeichen von menschlichem Leben wappnete er sich für die andere Option. Ein Tier. Seine Tante hatte über Probleme mit Luchsen und Kojoten geschimpft. Obwohl das in der Nähe des Hauses selten ein Problem war, erschoss er lieber einen Einbrecher oder einen Dieb als ein abenteuerlustiges Tier, das nach seiner nächsten Mahlzeit suchte. Es gefiel ihm wirklich nicht, Gottes Kreaturen Schaden zufügen zu müssen. Naja, auf zweibeinigen Kreaturen zu zielen, die es verdient hatten, bis ans Ende der Zeit in der Hölle zu schmoren, damit hatte er kein Problem.

Ein weiteres Knallen des Mülleimers gegen die Wand ließ Ian konzentriert auf sein Ziel blicken. Was auch immer dafür verantwortlich war, konnte nicht besonders groß sein. Er sah keine Spur eines wütenden Rotluchses oder eines verärgerten Kojoten. Also, was zum Teufel hatte diesen Aufruhr verursacht? Er bewegte sich langsam vorwärts und hielt das Gewehr auf die umgestoßenen Behälter gerichtet. Jetzt konnte er erkennen, dass es sich um diejenigen handelte, die seine Tante zum Lagern von kompostierbarem Abfall benutzte, der für den Komposthaufen auf der anderen Seite der Ranch bestimmt war. Seine Mutter machte dasselbe, da Bananenschalen und andere Küchenabfälle Krabbelvieh, das dort nicht hineingehörte, ins Haus lockte.

Ohne ein Geräusch bewegte sich der Mülleimer, der bereits auf der Seite lag, leicht vom Haus weg, als Ian dem Übeltäter näherkam. Auf ein bösartiges oder sogar tollwütiges Tier vorbereitet, betete er im Stillen, dass es sich um alles andere als ein Stinktier handelte, und krümmte sich fast vor Lachen, als ein wedelnder Schwanz langsam aus der Mülltonne kam.

Das hintere Ende des Tieres bewegte sich im Takt mit dem glücklich wackelnden Schwanz, während ein pelziger Welpe langsam den Kopf hob. Als er Ians Blick auf sich bemerkte, bewegte sich der Schwanz des kleinen Kerls noch schneller.

Der Mischlingswelpe schien gut gepflegt und gefüttert zu sein. Schnell wandte er seine Aufmerksamkeit dem riesigen Hundegehege zu, in dem sein Onkel die Hütehunde hielt. Er wusste nichts von einem neuen Wurf, aber da King fast im Rentenalter war, hätte es Ian nicht überrascht, wenn King kürzlich Welpen gezeugt hätte und sein Onkel beschlossen hätte, ein paar Tiere des Wurfs zu behalten. Nur dass die Pferchtür geschlossen war, was bestätigte, dass dieser Welpe dort nicht ausgebrochen war.

„Na, wem gehörst du?" Ian wandte seine Aufmerksamkeit wieder dem Welpen zu und bemerkte zum ersten Mal, dass der kleine Schlingel sich mit den Zähnen fest in den Rest eines Brathähnchens verbissen hatte. „Tut mir leid, Junge. Hühnchen ist tabu." Ian legte die Waffe beiseite und ging in die Hocke. „Komm her, Junge. Gib mir das."

Mit dem Hinterteil hoch in die Luft, stützte sich der kleine Kerl fest auf seine Vorderpfoten und biss auf die Knochen.

„Aus!" Ian bewegte sich so schnell er konnte nach vorne, ohne den Hund zu erschrecken.

Leider war der Welpe nicht dumm. Für eine Sekunde dachte Ian fast, er würde lächeln, als er sich erhob und mehrere Meter davontrottete, bevor er sich wieder Ian zuwandte – den Schwanz in der Luft, die Vorderpfoten ausgestreckt – und zu nagen begann.

Ian hatte auf die harte Tour gelernt, dass sich

gekochte Hühnerknochen und Hunde nicht vertragen. Er war ungefähr acht Jahre alt gewesen, als der alte Buddy sich einen Hühnerknochen vom Teller seiner Schwester Hannah stibitzt hatte. Buddy, ein Streuner, den die Familie einige Jahre zuvor adoptiert hatte, war eigentlich gut erzogen. Ians Vater hatte gute Arbeit geleistet, aber Buddy fiel es trotzdem schwer, Essen auf Schnauzenhöhe zu widerstehen. Der Teller, den Hannah auf den Couchtisch gestellte hatte, war eine zu große Versuchung für den alten Hund gewesen. Bis sie ihn fanden hatte er einen Hühnerknochen zu einem bloßen Stummel abgenagt. Sein Vater hielt ihnen allen einen ernsten Vortrag über Hühnerknochen und Hunde, aber Buddy schien sein Diebstahls nicht geschadet zu haben. Sie hatten Glück gehabt. Das hatten sie zumindest gedacht. Am nächsten Morgen fand sein Vater den Hund im Flur. Seine Mutter und sein Vater hatten ihnen erzählt, dass der alte Hund eines natürlichen Todes gestorben war. Natürlich bestand die Möglichkeit, dass es reiner Zufall gewesen war, dass Buddy den Hühnerknochen genau am Tag zuvor gegessen hatte. Aber Ian hatte das Gespräch seiner Eltern belauscht. Wahrscheinlicher war, dass Buddy das gestohlene Huhn wieder herausgewürgt hatte und an einem zersplitterten Knochen erstickt war.

Ian würde so etwas nicht noch einmal zulassen. „Komm her, Junge", sagte er leise und mit einem Lächeln und schob sich langsam vorwärts. „Wie wäre es, wenn ich dir diesen dürren Knochen gegen ein schönes, dickes, saftiges Steak eintausche?"

Der Hund sollte eigentlich kein Wort davon verstanden haben, aber trotzdem hielt der Welpe inne, spitzte die Ohren, neigte den Kopf zur Seite und schien über den Handel nachzudenken.

Ian war niemand, der eine Gelegenheit verstreichen ließ, weswegen er nach vorne hechtete und den

Knochen im Maul des Hundes packte, bereit ein paar Wunden durch die scharfen Eckzähnen zu riskieren, solange er dadurch den Welpen rettete. Beinahe wie beim Tauziehen, zog Ian mit einer Hand an dem Knochen, während er mit der anderen den kleinen Kerl hinter dem Ohr kraulte. Es dauerte nur wenige Sekunden, bis das Tier entschied, dass Bauchmassagen besser waren als Hühnerknochen, und sich auf den Rücken drehte.

„Wem gehörst du denn? Und was machst du hier draußen alleine?" Ian rieb den Bauch des Welpen und sah sich nach Geschwistern oder vielleicht einer Hundemama um. Auch wenn er nicht wirklich damit rechnete, jemanden zu finden. Dieser kleine Kerl sah nicht aus und benahm sich auch nicht wie ein wilder Hund. „Wir müssen dich Onkel Sean zeigen und sehen, was er sagt."

Der Hund rollte sich wieder auf die Pfoten zurück, wand sich glücklich und streckte seinen Hals, um Ians Gesicht zu lecken. Dann wich er zurück und nickte mit dem Kopf. Doch ein schreckliche klingendes würgendes Geräusch veranlasste Ian dazu, das Maul des Hundes aufzudrücken und nach einem übergebliebenen Knochen zu suchen. „Verdammt."

Da sein Schwanz nicht mehr wedelte, schien selbst der Welpe zu wissen, dass etwas nicht in Ordnung war. Der kleine Kerl gurgelte und kämpfte weiter, während er zu Ian aufblickte. Er hätte schwören können, dass der Welpe ihn dafür tadelte, nicht schneller geholfen zu haben.

„Sieht so aus, als würdest du meinen Cousin Adam vor Onkel Sean kennenlernen."

Er hob den Hund vorsichtig auf den Arm, wobei er darauf achtete, ihn nicht zu stark zu bewegen, was den Knochen verschieben und die Sache noch schlimmer machen könnte. Dann rannte er durch das Haus, schnappte sich seine Schlüssel und einen Wäschekorb und ein Handtuch. Binnen weniger Sekunden war der Welpe sicher auf dem Handtuch im Korb verstaut und in den alten Pickup geladen – immer noch würgend, aber Gott sei Dank noch atmend.

KAPITEL ACHT

„Ja, Mrs. Peabody, ich werde es Doc Adam sagen, sobald er zurück ist." Kelly hatte heute den ganzen Tag telefoniert. Kurz nachdem die Tierklinik heute Morgen die Türen geöffnet hatte, erhielt Adam einen Notruf von einer der Ranches. Er und Becky waren sofort aufgebrochen und Kelly war den ganzen Tag am Telefon gewesen, um Termine neu zu vereinbaren. Zum Glück waren die meisten der geplanten Termine routinemäßige Wellness-Checks oder Auffrischungsimpfungen. Nur Mrs. Peabody war verzweifelt wegen ihrer Katze Sadie, die ihr Futter nicht mehr anrührte und definitiv nicht schwanger war, da sie nach dem letzten Wurf kastriert worden war. Kelly betete, dass dieses Problem nur bestand, weil die Besitzerin des Haustieres ein Hypochonder war und es sich nicht um den einen Ausnahmefall handelte, in dem das arme Tier Adam wirklich brauchte und nicht warten konnte.

Es waren keine fünf Minuten vergangen, als die Scharniere an der Eingangstür quietschten. Von ihrem Platz hinter der Theke aus konnte sie das Geräusch eines Tieres in Schwierigkeiten hören, gefolgt von einer tiefen vertrauten Männerstimme. „Ich muss Adam sehen." Ian Farraday stand mit besorgtem Blick vor ihr und hielt einen Wäschekorb mit …

„Wie bist du an Hannahs Welpen geraten?" Kelly war bereits auf den Beinen und halb um den Tresen herumgeeilt, als sie den verzweifelten Welpen hörte, woraufhin sie in Richtung des ersten Untersuchungsraums gleich den Flur hinauf deutete.

„Wohl eher, wie ist er an mich geraten. Aber so oder so braucht er Hilfe." Ian folgte Kelly in das kleine Zimmer.

„Wo hast du ihn gefunden?"

Ian stellte das Körbchen mit dem Welpen auf den Untersuchungstisch. „In der Komposttonne auf der Ranch."

„Auf der Ranch? Hat er also schon seit einer Stunde Atemprobleme?" Mindestens so lange dauerte es für gewöhnlich, um mit dem Auto in die Stadt fahren. Sie war keine ausgebildete Tierpflegerin, aber sie hatte lange genug in der Klinik gearbeitet, um ein oder zwei Dinge zu sehen und zu lernen. Sie holte eine Stiftlampe heraus, um besser in den Hals des Hundes sehen zu können.

„Ja", Ian nickte, „er wird langsam sehr müde."

Um den Zustand des Welpen nicht zu verschlechtern, hob Kelly leicht sein Kinn und leuchtete mit dem Licht in seine Kehle, wobei sie sich wünschte, das sie etwas finden würde, was leicht zu erreichen und zu entfernen war. „Ich sehe nichts." Sie streichelte den immer noch pfeifenden und röchelnden Hund und griff nach dem nahegelegenen Telefon an der Wand.

„Es wird alles gut, Kumpel", ermutigte Ian.

Ohne aufzublicken, schlug der Welpe erst einmal und dann zweimal mit dem Schwanz auf die Tischplatte.

„Adam." Kelly schaltete auf die Freisprecheinrichtung um. „Ian ist gerade mit dem Welpen von Dale und Hannah hereingekommen. Er hat sich an einem Hühnerknochen gestickt, aber ich kann trotz Licht nichts in seiner Kehle sehen."

„Wie ist seine Atmung?"

„Flach. Er kämpft. Er hat ein paar Mal versucht, ihn auszuhusten.“

„Am Anfang hat er das ständig gemacht“, fügte Ian hinzu.

„Wir sind ungefähr fünfzehn Minuten entfernt. Er muss geröntgt werden. Glaubst du, du schaffst das, Kel?“

Ihr Blick war konzentrierte auf Ians große Hände gerichtet, die den Welpen sanft kraulten und ruhig hielten. Sie nickte, aber erkannte sofort, dass Adam sie nicht sehen konnte. „Wenn ich Schwierigkeiten habe, gehe ich nach hinten und hole Marti zur Hilfe.“ Marti, einer der Tierpfleger für Großtiere, war gerade mit der postoperativen Versorgung einiger Patienten beschäftigt, die Adam gestern operiert hatte und die sich noch in einem kritischen Zustand befanden. Sie hoffte, dass das diesem Kerl erspart blieb.

„Gutes Mädchen. Sind Dale oder Hannah da?“

„Nein. Es hört sich nicht so an, als wüssten sie, dass er verletzt ist.“

„In Ordnung. Wir rufen Hannah kurz an. Halte ihn einfach so ruhig und so still wie möglich, bis ich da bin.“

„Wird erledigt.“ Kelly legte auf, ging all die Male durch, in denen sie bei den Röntgenaufnahmen geholfen hatte, und lächelte fast wegen der beruhigenden und sanften Aufmerksamkeit, die Ian dem erschöpften Welpen schenkte. „Sieht so aus, als würde er das noch ein oder zwei Stunden genießen wollen.“

„Wem sagts du das.“ Er warf ihr einen Hauch des berühmten Farraday-Lächelns zu.

„Wenn es dir nichts ausmacht, trage ich den Korb und du kraulst ihm nur weiter die Ohren und das Kinn.“

Ian nickte. Sie war ein wenig überrascht über seine Bereitschaft, ihre Anweisungen zu befolgen. Nicht, dass sie erwartet hatte, dass er unvernünftig sein würde, aber es schien, dass sie in letzter Zeit nur Männern begegnete, die sich weigerten, Vorschläge, geschweige denn Befehle, einer Frau zu befolgen.

Nachdem sie im anderen Raum alles vorbereitete hatte, war es viel einfacher als erwartet, den Hund lange genug ruhig zu halten, um ein anständiges Bild zu bekommen. Zu einfach. Kelly gefiel das überhaupt nicht. Anstatt ihn noch einmal zu bewegen, entschied sie sich, in diesem Raum auf Adam zu warten. „Armer Kerl." Sie rieb sanft seine Seite, während Ian weiter sein Kinn kraulte. Der Welpe hatte Schwierigkeiten mit dem Atmen und hatte aufgegeben, den Knochen aushusten zu wollen. Stattdessen hielt er vollkommen still und wimmerte leise.

„Er ist so ein süßer Kerl. Ich hasse es, ihn leiden zu sehen." Ian kraulte den Welpen abwechselnd hinter den Ohren und unter dem Kinn.

Erneut quietschte die Eingangstür und das Geräusch stampfender Absätze kam schnell näher.

Adam trat zuerst durch die Tür. „Wie geht es ihm?"

„Er wirkt ruhiger", sagte Ian.

Sofort ging Adam zu dem verletzten Tier und schätzte schnell die Situation ein. „Sehen wir uns die Röntgenbilder an."

Becky steckte die Röntgenbilder an die beleuchtete Tafel, als Adam hinzufügte: „Ich konnte Hannah nicht erreichen, aber Dale ist unterwegs."

„Hier ist das Problem."

So viele Röntgenbilder Kelly auch gesehen hatte, sie war immer noch überrascht, dass sie den gezackten Umriss des kleinen Knochens, der tief im Rachen des Welpen steckte, deutlich erkennen konnte.

„Und hier." Adam zeigte auf die zusätzliche Röntgenaufnahme, die Kelly vom Unterleib des Tieres gemacht hatte. „Dieses Fragment hat den Darm perforiert und innere Blutungen verursacht. Wir müssen ihn auf eine Operation vorbereiten.“

„Dann kommt er durch?“, fragte Ian.

Adam klopfte seinem Cousin auf die Schulter. „Das hoffe ich.“

Dales Stimme ertönte laut im Gang, als er sich dem Röntgenraum näherte. „Verstanden. Okay. Ich liebe dich mehr.“

Wegen des Grinsens, das Dales Gesicht spaltete, war klar, dass Hannah am anderen Ende der Leitung gewesen war. Aber in der Sekunde, in der sein Blick auf den lethargischen Welpen fiel, verschwand sein Lächeln. Er steckte das Handy in seine Brusttasche, stellte sich zu seinem Cousin und begann sanft den Welpen am Hals zu kraulen. „Ich weiß nicht, wer dieser kleine Kerl ist, aber unser Welpe ist bei Hannah in der Arena.“

Ein Moment fassungsloser Stille verging, als allen klar wurde, dass ein neuer Welpe seinen Weg in ihr Leben gefunden hatte. Nun, Ians Leben.

„Wir müssen uns später Gedanken darüber machen, wem er gehört.“ Becky schob sich zwischen Kelly und Ian hindurch und schwebte über dem Welpen. „Versuchen wir den kleinen Kerl zu retten.“

Als Adam und Becky durch die Tür zum OP eilten, schnürte sich Ians Brustkorb bei dem Gedanken zusammen, dass dies das letzte Mal sein könnte, dass er den Welpen sah. In etwas mehr als einer Stunde hatte er es irgendwie geschafft, sich sehr an das vierbeinige Fellknäuel zu gewöhnen. Erst als Kelly ihre Fingerspitzen leicht an seinen Ellbogen legte und ihn nach vorne schubste, bemerkte er, dass er fast wie gelähmt dagestanden war.

„Ich schicke Onkel Sean besser eine Nachricht, dass es ein wenig länger dauern wird, bis ich nach Hause komme."

„Du musst hier nicht warten. Adam wird sich gut um ihn kümmern und dafür sorgen, dass er es bequem hat. Ich werde mich umhören und sehen, ob wir herausfinden können, wem der Welpe gehört."

Dale folgte den beiden aus dem Röntgenraum. „Sei nicht überrascht, wenn du niemanden findest."

„Was meinst du?" Ian blickte über seine Schulter.

Dale zuckte mit den Schultern und zog die Augenbrauen hoch. „Ich sage nur, dass dieser Welpe unserem Hund ähnlich genug sieht, um aus demselben Wurf zu sein. Und wenn das der Fall ist, dann gehört der Hund niemandem. Außer vielleicht seinen Eltern. Und dieses Mysterium muss noch gelöst werden."

„Mysterium?", fragte Ian

Kelly blieb stotternd stehen. „Du denkst, er gehört zu den Streunern?"

„Ich habe keine Ahnung. Ich stelle nur Vermutungen an." Dale schüttelte den Kopf. „Ich habe in ungefähr einer Stunde Feierabend. Dann komme ich wieder und sehe nach ihm. Sag Bescheid, wenn es vorher Neuigkeiten gibt."

„Wird gemacht", sagte Kelly.

Die Eingangstür schloss sich hinter Dale und Ian drehte sich zu der Frau neben ihm um. Ihr Blick schweifte ins Leere und fokussierte sich auf einen unbekannten Punkt. „Du machst dir Sorgen, nicht wahr?"

„Hmm?" Sie drehte sich zu ihm.

„Du siehst besorgt aus. Es ist wirklich ernst, nicht wahr?"

Sie blinzelte ein paarmal, dann richtete sie ihre Aufmerksamkeit den Flur hinunter zum OP und zurück. „Vielleicht nicht."

„Aber du machst dir Sorgen? Ich kann es in deinen Augen sehen."

„Oh. Nicht wirklich. Ich war nur einen Moment in Gedanken versunken."

Ein kleiner Teil von ihm freute sich, dass sie nicht das Schlimmste für den Welpen befürchtete, aber ein anderer Teil von ihm gefiel nicht, dass irgendeine Situation oder irgendwelche Umstände sie so verzweifelt aussehen ließen. „Irgendetwas, wobei ich helfen kann?"

Sie schüttelte den Kopf, sei es als Antwort auf ihn oder um zu versuchen, unangenehme Gedanken zu vertreiben. Dann trat sie einen Schritt zurück und zwang sich zu einem leisen Kichern. „Nein. Ich denke, ich habe nur über die Unsterblichkeit der Krabbe nachgedacht."

Der nicht oft gebrauchte Ausdruck erinnerte ihn an seine Tante Helen. Es war eine dieser Sachen, die sie immer zu den Kindern sagte, wenn sie sie fragten, woran sie dachte. Als kleiner Junge war es ein schrecklicher Schlag für ihn gewesen, als er endlich begriff, dass er sie nie wieder sehen würde. Der Verlust war für ihn schon schwer genug zu ertragen gewesen, aber er konnte sich nicht einmal ansatzweise vorstellen, welchen Schmerz seine Cousins empfunden haben mussten. Die ganze Familie hatte unglaubliches Glück gehabt, dass ihre Tante Eileen ohne zu zögern in die Fußstapfen ihrer Schwester getreten war. Was ihn daran erinnerte, dass sie gerade auf der anderen Straßenseite im Café saß und Karten spielte. „Ich rufe besser Tante Eileen an und sage ihr auch, was los ist."

Kichernd hob Kelly einen Finger und deutete aus dem Fenster. „Das wird nicht nötig sein. Tuckers Bluffs Katastrophenwarnsystem wurde schon ausgelöst."

Wie ein General, der seine Truppen in die Schlacht führt, führte Tante Eileen die kartenspielende Truppe über die Straße und direkt zur Tür der Klinik. Er schaffte es kaum, sein Lachen zurückzuhalten, als die vier Frauen ins Wartezimmer marschierten.

„Du hättest uns anrufen sollen." Tante Eileen stellte sich auf ihre Zehenspitzen und küsste Ian auf die Wange, bevor sie sich an Kelly wandte. „Ist er noch im OP?"

Kelly nickte. „Adam und Becky haben ihn erst vor ein paar Minuten in den OP gebracht."

„Stammt er wirklich aus demselben Wurf wie der Welpe von Dale und Hannah?", fragte eine der Frauen.

„Das wissen wir nicht", antwortete Ian

Beckys Großmutter – Ian hatte ihren Namen vergessen – ging um seine Tante Eileen herum. „Aber er gehört zu unseren Streunern?"

„Das wissen wir auch nicht", antwortete Kelly etwas strenger als Ian erwartet hatte.

Die Arme verschränkt, den Mund zu einem vielsagenden Lächeln verzogen, blickte Sally May zu seiner Tante. „Fürs Protokoll, Ladys, ich setze mein Geld darauf, dass dieser Welpe aus demselben Wurf stammt."

Mit leicht zusammengekniffenen Augen blickte Tante Eileen von Kelly zu Ian und dann wieder zurück. Er war fast bereit, vor einem Richter und den Geschworenen zu schwören, dass sie nach etwas suchte. Erweiterte Pupillen, betrunkenes Schwanken, irgendetwas. Entweder sie fand, wonach sie suchte, oder sie fand es nicht, aber so oder so, musste es sie glücklich gemacht haben, denn ein breites Grinsen breitete sich auf ihrem Gesicht aus, als sie nickte. „Ich denke, es wäre wirklich schön, wenn diese Welpen verwandt wären."

„Wird der Welpe es schaffen?", fragte eine große grauhaarige Frau.

Ian würde die Stadt öfter besuchen müssen. Er lag

ihm auf der Zunge, aber er kam nicht auf den Namen der grauhaarigen Lady.

Kopfschüttelnd atmete Kelly schwer aus. „Das kann ich nicht sagen."

„Nun denn, Ladys", Tante Eileen drehte sich um, „ich würde sagen, wir setzen uns und warten ab."

Kelly blickte von Ian zu den älteren Frauen, stieß einen leisen Seufzer aus – einen, von dem er ziemlich sicher war, dass nur er ihn bemerkt hatte – und lächelte. „Wenn ihr euer Spiel wieder aufnehmen möchtet, verspreche ich, euch anzurufen, sobald wir etwas wissen."

Die Art, wie die vier Frauen einander mit den Schultern zuckend, die Stirn runzelnd und um eine Entscheidung ringend ansahen, hätte er gedacht, dass es ein geliebter Mensch war, der dem Skalpell ausgesetzt war, und nicht ein kleines Tier, das sie noch nie zuvor gesehen hatten.

Tante Eileen war die Erste, die Kelly zunickte. „Macht Sinn, Liebes."

Für Ian sah Kellys Lächeln ein wenig zittrig aus, aber sie hielt es, bis die letzte der Frauen die Schwelle überschritten hatte.

All seine investigativen Instinkte sagten ihm, dass es in dem Gespräch, das gerade stattgefunden hatte, um viel mehr gegangen war als nur um die Sorge um einen streunenden Welpen. Egal wie sehr er seine Tante liebte oder Kelly mochte oder die anderen Ladys, war er sich nur bei einer Sache sicher. Was gerade passiert war, ging ihn nichts an.

KAPITEL NEUN

Gerade nochmal davongekommen. Selbst nachdem der neueste Polizeibeamte von Tuckers Bluff erwähnt hatte, dass der vierbeinige Patient der Klinik nicht der Welpe war, von dem er und Hannah adoptiert worden waren, hatte sich die Verbindung zwischen den Welpen, den streunenden Hunden und den Gerüchten in der Stadt erst durch Tante Eileens Kommentare wirklich in ihrem Bewusstsein festgesetzt.

Das Letzte, was Kelly jetzt brauchte, war, dass eine der Damen des Ladys-Clubs anfing, über Gerüchte und mysteriöse Kuppel-Hunde zu sprechen. Zumal es offensichtlich war, dass sie glaubten, die neue Generation von Heiratsvermittlern könnte aus süße Welpen bestehen. Nicht, dass sie Einwände dagegen hätte, mit Ian Farraday zusammengebracht zu werden. Er war nicht nur angenehm für die Augen, der Kerl war auch wirklich nett. Eigentlich war er für einen Mann ungewöhnlich nett. Natürlich *war* er ein Farraday. Bisher schienen alle Farradays, denen sie je begegnet war, eine Rasse für sich zu sein. Gutaussehende, höfliche, familienorientierte Gentlemen – die heutzutage schwer zu finden waren – und alle mit diesem Hauch von Ritter in strahlender Rüstung.

Vor ein paar Nächten war Ian Farraday *ihr* Ritter in strahlender Rüstung gewesen. Nicht, dass sein Cousin D.J. und dessen Freund Dale nicht auch dazu in der

Lage gewesen wären, aber Ians Texas-Ranger-Abzeichen war definitiv der Grund dafür gewesen, warum sie vor dem Gefängnis bewahrt worden war. Trotzdem waren es zwei verschiedene Dinge, ihren Hals zu retten und der perfekte Partner für sie zu sein. Außerdem lebte er, selbst wenn er perfekt für sie war, nicht einmal in der Nähe von Tuckers Bluff. Ein gutaussehender Typ wie Ian verliebte sich nicht in kurvige Mädchen mit schweren Knochen wie sie. Vor allem nicht, wenn ihn die halbe Stadt über Kuppel-Welpen und Schicksal vollschwafelte. Farraday oder nicht, wenn es um Männer ging, war sich Kelly bei einer Sache absolut sicher. Das tun zu *müssen*, was andere für das Beste für sie erachteten, war definitiv nicht das, was sie tun wollten.

„Bist du sicher, dass alles in Ordnung ist?" Ian hob eine Braue höher als die andere und musterte sie neugierig.

„Du hast mich erwischt." Sie versuchte zu lächeln. „Ich schätze, ich mache mir doch ein wenig Sorgen um den Welpen." Und bevor dieser Typ ihre Lüge durchschaute, drehte sie sich in Richtung Flur und fragte über die Schulter: „Ich glaube, ich hole mir etwas zu trinken aus dem Kühlschrank. Möchtest du ein Glas Wasser oder eine Cola oder vielleicht heißen Kaffee oder Tee? Ich kann beides aufsetzten, aber wir haben keine Milch mehr."

„Wasser wäre nett, danke."

Einen Moment lang dachte sie, er würde ihr folgen. Jetzt konnte sie auch noch paranoid zur Liste ihrer kürzlich aufgedeckten Fehler hinzufügen. Wahrscheinlich würde er die Theorien der Ortsansässigen als nichts anderes als Aberglauben abtun. Laut Stadtgerüchten füreinander bestimmt zu sein, war wahrscheinlich nicht einmal der Funke einer Idee in den tiefsten Winkeln seines Verstandes. In Wahrheit fiel es ihr schwerer als es sollte, die stechenden Worte abzuschütteln, die ihr Ex ihr an den Kopf geworfen hatte. Sie schnappte sich eine Diät-Cola und eine Flasche Wasser aus dem Kühlschrank, hob ihr Kinn, drückte ihren Rücken durch und beschloss, die Gerüchte der Stadt zu vergessen und herauszufinden, was sie mit diesem Welpen tun sollte, falls – nein – wenn er die Operation überstand.

Mit einer Flasche in jeder Hand ging sie zurück und warf dabei einen Blick durch das kleine Fenster an der Tür zum Operationssaal. Nur in der Lage zu sehen, dass der Doc immer noch an seinem Patienten arbeitete, drehte sie sich um, nahm all ihren gesunden Menschenverstand zusammen und kehrte ins Wartezimmer zurück. Als sie Ians Besorgnis in seinen Augen sah, raubte es ihr beinahe den Atem. Wenn sie nicht jedes Mal so absurd reagieren würde, wenn sie ihn ansah, würde es ihr vielleicht egal sein, welche verrückten Ideen der Ladys-Club verbreite oder nicht. „Bitte sehr."

„Danke." Ian stand immer noch und lächelte müde.

Was gut war. In der verrückten Stimmung, in der sie sich befand, war Kelly nicht sicher, ob sie mit einem ausgewachsenen Farraday-Lächeln umgehen könnte. „Ich habe einen Blick in den Operationssaal geworfen, aber alles, was ich sehen konnte, ist, dass Adam immer noch an ihm arbeitet."

Ian nickte, schraubte den Flaschenverschluss ab und nahm einen Schluck. „Ich denke, das ist ein gutes Zeichen. Er wird die Operation durchstehen."

„Ja, das rede ich mir auch ein." Kelly spielte gedankenlos mit dem Deckel ihrer Cola. „Welpen haben ein Händchen dafür, in alle möglichen Schwierigkeiten zu geraten. Normalerweise passieren die meisten Dinge Hunde auf natürlichem Weg. Wir hatten Tierbesitzer, die auf das Geschäft ihrer Vierbeiner warteten, um wertvollen Schmuck, wertvolle Münzen oder den einzigen Schlüssel zu einer verschlossenen Tür wiederzubekommen. Aber hin und wieder muss Adam etwas chirurgisch entfernen."

„Wie den Hühnerknochen bei diesem kleinen."

„Genau. Erst letzte Woche musste Adam Steine aus dem Magen eines übermäßig neugierigen Labradors entfernen.

„Dass der Labrador durchgekommen ist und sich gut erholt, ist ermutigend." Ians Lächeln strahlte ehrlicher.

Kelly nickte, aber sie wollte nicht erwähnen, dass der Labrador nicht innerlich geblutet hatte. Es war eher ein Verdauungsproblem, kein wirkliches Risiko einer tödlichen Bauchfellentzündung durch die Stichwunde.

Ian drehte sich leicht und zeigte auf die leeren Sitze hinter ihm. „Wir können uns genauso gut hinsetzen, während wir warten."

„Ich sollte versuchen, etwas Arbeit zu erledigen."

Ian nickte, aber ließ seinen Blick auf ihr ruhen. „Natürlich."

Für ein paar stille Momente schienen sie beide darauf zu warten, dass der andere sich zuerst bewegte. Ian machte einen halben Schritt zurück und Kelly musste sich zurückhalten, ihm nicht mit einem halben Schritt nach vorne zu folgen. Doch sie bewegte sich auch nicht zu ihrem Schreibtisch. Alles, worauf sie sich anscheinend konzentrieren konnte, war Ian, der aufrecht und stark vor ihr stand.

Sein Blick wanderte von ihr zur Tür am Ende des Flurs. „Ich frage mich, wie lange es noch dauern wird?"

Kelly riss ihre Gedanken von dem Farraday los und starrte in die gleiche Richtung. „Nicht mehr lange, hoffe ich." Sie wusste, je länger es dauerte, desto mehr Schaden würden die zersplitterten Knochen angerichtet haben.

Als er seine Aufmerksamkeit wieder auf sie richtete, trafen sich ihre Blicke lange genug, um die Spiegelung ihrer eigenen Besorgnis in seinen Augen zu sehen. Wem machte sie etwas vor? Selbst wenn sie sich an den Stuhl hinter ihrem Schreibtisch kleben würde, würde sie sich immer noch nicht auf etwas anderes konzentrieren können, außer auf das, was hinter der geschlossenen Tür vor sich ging, und auf den Mann, der ebenso besorgt deswegen war wie sie. „Vielleicht nehme ich doch Platz."

Ungefähr fünfzehn Kühe unterschiedlicher Größe, je nachdem, ob sie aus der Herbst- oder Frühjahrskalbung stammten, kauerten unter einem einsamen schattigen Baum, wobei der ansonsten friedliche Tag nur durch ein gelegentliches Muhen unterbrochen wurde.

„Wir müssen etwas unternehmen. Wir können sie nicht ewig hier verstecken."

Sein Komplize hatte Recht. Auch er grübelte schon seit Wochen darüber nach. Seit sie sich das letzte Kalb von der Farraday-Weide geschnappt hatten, hatte er gewusst, dass er sich einen neuen Plan einfallen lassen musste. Einen praktischeren, der ihnen half, ihr Ziel zu erreichen.

„Wenn unsere kleine Herde weiter wächst, wird es nicht lange dauern, bis jemand anfängt, die falschen oder richtigen Fragen zu stellen."

Er hasste es, wenn Leute das Offensichtliche sagten, oder genauer gesagt, wenn sie das Offensichtliche sagten und davon ausgingen, dass er selbst es nicht sah. „Ja. Ich weiß. Und ich werde mir etwas einfallen lassen. Ich brauche nur noch etwas Zeit."

„Nun", der frustrierte Mann stampfte eine Zigarette

in den Boden, „verschwende besser nicht noch viel mehr davon."

„Und du musst aufhören, an diesen Grabstängeln zu lutschen." Zeit, beziehungsweise Zeitmangel, war etwas, an das er nicht erinnert werden wollte. Seine Gedanken waren bereits beschäftigt genug mit all diesen Problemen.

„Ich kümmere mich um meine Angelegenheiten und du findest heraus, was wir mit all diesen Kühen machen." Nachdem er zwei Schritte auf den Trog zugegangen war, drehte sich sein Kumpan zu ihm um. „Früher wäre besser als später."

Als ob er das nicht selbst wusste.

Die leichte Berührung von Kellys Arm, als sie sich neben ihn setzte, überraschte Ian. Nicht so sehr die Berührung, sondern seine Reaktion darauf. Ihre Wärme durchdrang seine Haut und linderte seine Bedenken und Sorgen – so wie der Ingwer-Honig-Tee seiner Mutter eine launische Erkältung linderte. Das Gefühl erschrecke ihn, verunsicherte ihn und erstickte ein zufriedenes Lächeln. Und er hatte keine Ahnung warum. Sie wäre nicht die erste oder letzte Frau, die versehentlich gegen ihn stoßen würde. Trotzdem machte ihn die einfache Tatsache, dass eine einzelne Berührung die Macht hatte, seine Stimmung so stark zu beeinflussen, nervös genug, um darüber nachzudenken, wie es aussehen würde, wenn er sich ein paar Stühle weiter weg setzen würde. Lächerlich war das erste Wort, das ihm in den Sinn kam. Er war kein hormongesteuerter Teenager mit unkontrollierbaren Impulsen, er war ein ausgewachsener, gut ausgebildeter Gesetzeshüter, der sicherlich neben einer attraktiven

Frau sitzen und auf Neuigkeiten warten konnte, ohne etwas Dummes zu tun – wie mit dem Finger ihren Kiefer entlangzufahren, um herauszufinden, ob eine andere Berührung ihm das gleiche Gefühl geben würde.

„Für einen Streuner wirkt er schrecklich süß", murmelte Kelly mit einem den leeren Flur hinunter gerichteten Blick.

Ihre Stimme riss Ian aus seinen Gedanken. Es dauerte ein paar Sekunden, um zu verarbeiten, was sie gesagt hatte, bevor er antworten konnte. „Vermutlich hatte er keine Zeit, von der Welt enttäuscht und verängstigt zu werden. Außerdem sind Hunde Rudeltiere. Streunende Hunde passen sich besser an Menschen an als eine wilde Katze."

„Stimmt." Sie runzelte die Stirn und drehte sich zu ihm um. „Aber wenn er ein Streuner ist, frage ich mich, warum er so gut genährt aussieht?"

„Wegen seiner Mama." Ian fragte sich, warum sie nicht in der Nähe gewesen war.

Kelly hob mit einem trägen Achselzucken ihre Schulter. „Er sieht alt genug aus, um bereits entwöhnt zu sein."

Das dachte er auch.

„Trotzdem", Kelly zögerte, „wenn er niemandem gehört, wird er einen Ort brauchen, an den er gehen kann, sobald er aus der Narkose kommt und wieder stark genug ist, um entlassen zu werden."

Erneut waren seine und Kellys Gedanken in die gleiche Richtung gewandert. Zumindest was den Welpen betraf. Die Ranch könnte vielleicht einen weiteren Hütehund gebrauchen. Nicht, dass er eine Ahnung hatte, ob der Hund gut mit Rindern umgehen würde. Obwohl eine Schärfe in den Augen des Welpen gefunkelt hatte, die Ian sagte, dass es irgendwo in seinem Stammbaum definitiv eine intelligente Rasse gab. Nicht, dass es wichtig wäre, aber Kellys Augen sagten ihm, dass sie bereits einen Plan im Kopf hatte und dieser nichts damit zu tun hatte, den Kleinen auf der Ranch zu einem Hütehund auszubilden. „Du denkst daran, ihn mit zu dir nach Hause zu nehmen, nicht wahr?"

Ein süßes Lächeln breitete sich auf ihrem Gesicht aus. „Wir haben ein Haus, viel Land. Natürlich müsste ich mit meiner Mutter reden."

„Glaubst du, es besteht die Möglichkeit, dass sie nein sagt?" Er musste sich zurückhalten, nicht mit seinen Fingern über dieses süße Lächeln zu streichen.

„Ehrlich gesagt, ist alles so verrückt, seit Pops bei uns wohnt, dass ich keine Ahnung habe, ob Mom einen Hund für eine gute Ablenkung halten würde, oder nur eine weitere Sache, die man im Auge behalten muss."

Die Tür zum OP schwang auf und Adam schlenderte mit einem verräterischen breiten Grinsen hindurch. „Es ist alles gut verlaufen. Wir behalten ihn über Nacht hier, nur um sicherzugehen. Aber wenn er sich von Hühnerknochen fernhält, sollte es ihm schnell wieder gut gehen."

Kelly schlang ihre Arme um Adams Hals und quietschte: „Danke."

„Pass auf." Becky kam den Flur herunter und wedelte mit dem Finger. „Ich kenne seine Frau."

Kelly drehte sich um und zog Becky in eine ebenso enthusiastische Umarmung. „Das ist in Ordnung. Ich habe genügend Umarmungen für alle –"

Das laute Gejohle eines bellenden Hundes unterbrach ihre Worte. Da er am nächsten am Fenster stand, trat Ian einen Schritt zurück und drehte sich in Richtung des Bellens.

Als Adams über die Schulter ebenfalls auf dem Täter blickte, verzog sich sein Mund zu einem vielsagenden Lächeln. „Laus mich der Affe."

Eine Grauwolf-Mischlingshündin saß mit wedelndem Schwanz am Bordstein. Sie machte eine leichte Aufwärtsbewegung mit der Pfote, bevor sie sich wieder auf den Boden setzte und ein weiteres kurzes Bellen ausstieß. Wenn Ian raten müsste, würde er sagen, dass das Tier glücklich war und sich bedanke. „Ich vermute, wir haben Mama gefunden. Aber wie zum Teufel hat sie uns gefunden?"

KAPITEL ZEHN

Oh Gott, was nun? Kelly stand neben den Farradays am Bordstein und starrte auf der Suche nach der wieder einmal verschwundenen Hundemama die Straße hinauf. Sie wappnete sich, als ihre Mutter zur Eingangstür der Klinik marschieren sah. Während eines normalen Arbeitstages kam ihre Mutter nie vorbei. Das konnte nichts Gutes bedeuten. Kelly zwang sich zu einem freundlichen Lächeln und verdrängte die Visionen davon, wie ihr Großvater im Wohnzimmer ein Lagerfeuer entzündete oder Hühner die Straße entlang jagte. „Was führt dich am Nachmittag hierher?"

Ihre Mutter hob die Arme und hielt in jeder Hand eine Einkaufstüte. „Ich hole ein paar Sachen für meine Reise."

„Reise?" Ihre Mutter verreiste nie. Wenn sie eine Reise geplant hatte, würde Kelly davon wissen. Sollte davon wissen.

„Ja, Liebes." Ihre Mutter wandte sich an Adam, Becky und Ian. „Irgendwelche Neuigkeiten von Finn und seiner neuen Braut?"

„Nein Ma'am", antwortete Adam und unterdrückte ein schiefes Lächeln.

„Gut." Ihrer Mutter wuchs ein breites Grinsen im Gesicht. „Ich wäre ein bisschen besorgt gewesen, wenn du etwas gehört hättest."

Einer von Adams Mundwinkeln hob sich zu einem

vielsagenden Lächeln. „Ja Ma'am."

Fast wie ein Zwilling passte Ians träges Lächeln zu dem seines Cousins.

„Wenn ihr mich entschuldigen würdet", Adam wandte sich wieder dem Büro zu, „ich muss zurück zu meinem Patienten."

„Da ich in der Stadt bin", Ian machte einen Schritt zurück, „werde ich kurz bei D.J. vorbeischauen."

Beckys Kopf wippte zustimmend auf und ab. Sie warf einen letzten Blick den Block hinauf und hinunter, zuckte mit den Achseln und wandte sich der Klinik zu.

„Wir können genauso gut hineingehen." Kelly legte ihre Hand auf den Rücken ihrer Mutter und schubste sie zur Kliniktür. Sobald sie die Schwelle überschritten hatten, drehte sie sich zu ihrer Mutter um. „Was soll das mit deiner Reise?"

„Also." Das Gesicht ihrer Mutter verzog sich nachdenklich, bevor es sich zu einem Lächeln entspannte. „Ich weiß nicht, ob Houston schon als Reise zählt, aber Marilyn hat mich heute Morgen angerufen. Es gab eine Last-Minute-Absage für einen Kurs, für den sie sich in Chicago angemeldet hatte und den sie bis Ende dieses Monats abgeschlossen haben muss. Also hat ihre Firma sie für den Kurs in Houston angemeldet. Es ist ein paar Jahre her, seit ich Marilyn gesehen habe. Sie hat ein kostenloses Zustellbett in ihrem Hotelzimmer. Wie könnte ich das nicht ausnutzen?"

Ihre Mutter war über die Jahre hinweg überraschend eng mit ihren College-Freunden in Verbindung geblieben, besonders mit Marilyn. Aber leider hatten sie sich seit Jahren nicht mehr persönlich getroffen. „Das ist natürlich toll. Wann geht es los?"

„Das ist es ja. Sie ist schon da. Ich werde gleich morgen früh hinfliegen."

„Morgen früh?" Ein Beigeschmack von Panik

kroch Kellys Kehle hinauf. Wer sollte ihren Großvater im Auge behalten? Abgesehen von ihr.

„Genau. Marilyn wird mittags mit dem ersten Teil des Kurses fertig sein und da der zweite Teil erst am Montag stattfindet, bekommt sie zwei ganze Tage in Houston von der Firma bezahlt, ohne etwas zu tun zu haben."

„Und du kümmerst dich darum, dass Marilyn nicht langweilig wird." Ein Teil von ihr wollte schreien, *Nein, verlass mich nicht*, aber der Teil von ihr, der ihre Mutter so sehr liebte, konnte keine Einwände vorbringen. „Hast du jemanden, der dich zum Flughafen fährt?"

„Ja, dein Grandpa wird mich mitnehmen."

Panik umklammerte Kellys Luftröhre jetzt in einem zermalmenden Griff. „Gramps sollte nicht in der Stadt fahren, geschweige denn den ganzen Weg zum Midland Airport."

„Dein Großvater ist vielleicht ein bisschen abenteuerlustig, ein bisschen vergesslich und vielleicht sogar ein bisschen schrullig, aber von hier nach Midland zu fahren ist nicht gerade wie von New York nach LA zu fahren. Das ist kein Problem."

Und genau diese Einstellung zu ihrem Großvater gab ihm genug Spielraum, um in Schwierigkeiten zu geraten. „Ich bin mir sicher, wenn ich Adam frage, wird er mir den Vormittag frei geben, um dich selbst hineinzufahren."

„Unsinn, Adam ist ein wunderbarer Chef, aber spar dir die Bitte um zusätzliche Freizeit für etwas, das du wirklich brauchst. Wir wollen seine Gutmütigkeit nicht ausnutzen. Das wir schon gutgehen."

Kelly widerstand dem Drang zu widersprechen. Was *gut* betraf, lag es wie Schönheit allzu oft im Auge des Betrachters. „Wann wirst du zurück sein?"

„Ich bin mir nicht sicher; wir werden es spontan

entscheiden. Wenn sich bis Montagmorgen nichts Wichtiges in ihrem Büro einschleicht, dachten wir, wir nehmen uns ein paar zusätzliche Tage und machen ein bisschen Sightseeing.“

Der Himmel wusste, dass ihre Mutter ein paar schöne Tage voller Spaß mit einer alten Freundin verdient hatte, aber Kelly wünschte sich nur, dass die Vorstellung, allein mit ihrem Großvater, ihrem Onkel und möglicherweise einem neuen Welpen zu sein, nicht so überwältigend wäre. Und dabei war ihre Mutter noch nicht einmal fort. Was sie zurück zum Hund brachte. „Mutter?“

„Ja?“

„Wir haben heute diesen süßen neuen Patienten bekommen.“

Ihre Mutter nickte.

„Ein Welpe. Vielleicht ein Schäferhund-Mischling.“

„Wir haben viele davon in dieser Gegend. Australische Schäferhunde, Deutsche Schäferhunde, alles gute Hütehunde.“

„Ja nun, dieser hier ist fast an einem Hühnerknochen erstickt.“

„Oh mein Gott.“ Ihre Mutter hob beide Hände und drückte die Handflächen gegen ihre Brust. „Armes, kleines Ding.“

Sympathie war genau das, was Kelly brauchte. Man kombiniere niedlich, süß und mitleidserregend, und vielleicht würde sie dann den Welpen einfach mit nach Hause nehmen können. „Ich wollte gerade nach ihm sehen. Warum kommst du nicht mit?“

„Nun, wenigstens geht es ihm gut“, murmelte ihre Mutter und folgte ihr. „Sorglose Menschen sollten keine Hunde haben dürfen. Jeder weiß, dass Hühnerknochen schlecht für sie sind.“

„Das stimmt.“ Kelly stieß die OP-Tür auf und ging

in den Aufwachraum, wo Adam und Becky über dem noch schlafenden Welpen standen.

„Oh, er ist bezaubernd!" Kellys Mutter streckte ihre Hand nach vorne und kraulte den Welpen unter dem Kinn.

„Er ist ein Streuner." Kelly lächelte.

Ihre Mutter kicherte und bewegte ihre Hand, um ihn hinter seinen Schlappohren zu streicheln. „Das hätte ich kommen sehen müssen." Sie sah zu ihrer Tochter auf und schüttelte amüsiert den Kopf. „Wann bringst du ihn nach Hause?"

Kelly warf ihre Arme in einer festen Umarmung um ihre Mutter. „Ich hatte gehofft, dass du das fragen würdest."

„Könnte schon morgen so weit sein", antwortete Adam.

„Oh mein Gott." Kellys Mutter trat einen Schritt zurück und straffte ihre Schultern. „Ich mache besser einen Zwischenstopp im Sisters und im Futterladen."

„Glaubst du nicht, dass das mit Pops und Onkel Ralph zu viel wird?"

„Unsinn", winkte ihre Mutter ab. „Wenn überhaupt, haben sie mit der Ausbildung eines Hundes eine sichere Beschäftigung."

Sicher? Sie nahm an, dass ihre Mutter recht hatte. Wie viel Ärger konnten zwei Männer bekommen, wenn sie einem Hund beibrachten, stubenrein zu werden? Andererseits … „Mach dir keine Umstände mit den Besorgungen. Was wir hier nicht haben, hole ich."

„Bist du sicher?", fragte ihre Mutter.

Kelly nickte. „Mach dich einfach für deine Reise fertig, Mom."

„Ich liebe dich, Baby." Von einem Ohr zum anderen grinsend, drückte ihre Mutter sie fest, winkte dann Adam und Becky zu und eilte federnden Schritts aus der Klinik.

„Das lief gut." Becky gab ihrer Freundin einen Daumen nach oben. „Wenn du dich nicht gemeldet hättest, würde ich mit D.J. heute Abend über einen Hund sprechen."

Adam schüttelte den Kopf. „Und ich wollte eigentlich mit Meg reden."

Die drei kicherten.

Kelly verdrehte die Augen gen Himmel. „Gut, dass wir hier nicht viele Streuner sehen."

„Dann wäre dieser Ort wie die Arche Noah", stimmte Becky zu.

Richtig. Wie die Arche Noah. Lauter Paare. Der kleine Kerl sah so süß aus. Der weiche Kegel, den Becky ihm um den Hals gelegt hatte, damit er die Wunde nicht aufkratzte, sah aus, als wäre er genauso groß wie er. Vielleicht größer. Möglicherweise sollte sie sich nach einem Spielgefährten für ihn umsehen, wenn alles eingerichtet war und sich der Welpe besser fühlte. Eine gute Idee. Eine, bei der sie sich fragte, ob es noch weitere Welpen aus seinem Wurf gab und ob das wirklich seine Mama vor der Klinik gewesen war? Es war fast so, als hätte sie ihre Zustimmung erteilt, so wie es die Eltern des anderen Welpen mit Hannah und Dale getan hatten. Aber würde sie sich auch freuen, wenn sie wüsste, dass Kelly diesen kleinen Racker mit nach Hause zu ihrer verrückten Familie nahm? Oder war sie die Verrückte, wenn sie darüber nachdachte, ob die Hundemama neue Eltern für ihre Welpen aussuchte?

Die Arme voller Vorräte zu haben, fühlte sich für Ian etwas albern an, als er wieder in der Klinik auftaucht. Aber seine Gedanken waren zu dem Welpen abgeschweift, weswegen er dem Gespräch mit D.J. nicht viel Aufmerksamkeit hatte schenken können. Ein paar Dinge zu besorgen, gab ihm das Gefühl, etwas zu tun. Das strahlende Lächeln, das Kellys Gesicht überzog, als ihr Blick auf ihn fiel, machte den Einkaufsbummel mehr als lohnenswert.

„Du warst aber fleißig." Kelly stand auf und ging um ihn herum, um Ian zu begrüßen.

„Ich bin deiner Mutter auf dem Weg ins Cut and Curl begegnet. Sie hat erwähnt, dass du den Hund morgen mit nach Hause nimmst."

Kelly öffnete eine Tüte mit der Fingerspitze, warf einen Blick auf den Inhalt und nickte.

„Ich hoffe es stört dich nicht, ich habe ein paar Sachen gekauft."

„Oh, sieh dir das an." Kelly zog einen riesigen Gummiknochen heraus und lachte. „Der kann nicht splittern."

„Das habe ich mir auch gedacht. Du kannst ein Ende mit etwas wie Erdnussbutter oder Käse vollstopfen."

„Ja, die Teile sind sehr beliebt bei Hunden, die gerne auf etwas herumkauen." Sie nahm ihm eine der Tüten ab, stellte sie auf den Schreibtisch und warf einen Blick auf das große Bett unter seinem Arm. „Lass uns das zu ihm bringen. Er ruht sich hinten aus."

Ian nickte und folgte ihr den Flur hinunter. „Ist Adam bei ihm?"

„Nein." Sie stieß die Schwingtür auf. „Er war erschlagen und ging früh nach Hause. Becky auch. Heute Abend kommt ein Pfleger, der ihn bis morgen früh im Auge behalten wird. Bis dahin bleibe ich bei ihm. Becky ist oben, falls ich etwas brauche, aber er wird nach der Narkose hauptsächlich schlafen."

Nur einer der Zwinger an der Rückwand hatte einen Bewohner. Als er den Raum betrat, konnte Ian sehen, dass der Welpe immer noch ziemlich lethargisch wirkte. „Ruhe tut ihm gut." Erst als der leblose Schwanz beim Klang seiner Stimme einen einzigen Schlag gegen den harten Boden machte, bemerkte Ian überhaupt, dass der kleine Kerl gar nicht tief und fest schlief.

Obwohl er ein kleiner Hund war, hatte Adam ihn in einen der größeren Zwinger gesteckt. Der kleine Kerl lag zusammengerollt auf einer Hängematte, die ein paar Zentimeter über dem Boden hing.

„Hey, Kumpel", gurrte Ian und trat in den großen Raum.

Der Hund drückte sich nach oben. Unbeholfen hob er seinen Kopf und strengte sich an, sich vom Bett zu winden.

„Soll er das tun?", fragte Ian.

Kelly ging in die Hocke, ließ das neue Hundebett auf den Boden fallen und streckte die Hand aus, um das müde Tier zu streicheln und zu beruhigen. „Er muss es ruhig angehen lassen, aber das geht schon in Ordnung."

Als Ian sich streckte, um den Welpen am Hals zu kraulen, senkte der Hund sein Kinn und leckte an Ians Hand.

„Ich wette, das ist ein Dankeschön." Kelly lächelte.

Ian ließ sich in einer traditionellen Lotusposition auf dem Boden nieder, streichelte den Hund seitlich am Bauch und betrachtete sorgfältig die rasierte Stelle und die hässlichen Stiche.

„Keine Sorge", Kelly strich mit ihren Fingern über die Hüfte des Welpen. „Sein Fell wird nachwachsen und alle Narben bedecken."

„Ich wünschte, ich wäre ein paar Sekunden früher bei ihm gewesen."

„Wenigstens bist du bei ihm gewesen. Wäre er mit diesem Knochen auf eine leere Weide oder ein leeres Feld davongelaufen, wäre er dort langsam allein gestorben."

Diese Vorstellung trug nicht gerade dazu bei, dass Ian sich besser fühlte. Er machte sich immer noch Vorwürfe, weil er den Welpen nicht früher gefunden hatte, um ihn davon abzuhalten, auf dem Knochen herumzukauen.

„Hast du die Hundemama draußen noch einmal gesehen?", fragte Kelly.

Ian schüttelte den Kopf. Er hatte auch über sie nachgedacht. Nach dem, was Esther auf dem Revier erzählte, hatten dieser und ein anderer Hund den Ruf, nach Belieben in der Stadt aufzutauchen und wieder zu verschwinden. Er hatte hier und da einige Gesprächsfetzen über die Kuppel-Hunde mitbekommen, aber bevor Esther die Lücken mit Details füllen konnte, hatte D.J. ihn in sein Büro gerufen.

Für ein paar friedliche Minuten saßen Kelly und Ian Seite an Seite und streichelten jeweils einen anderen Teil des pelzigen Welpen, bis sich der Hund mit einem wurmartigen Achselzucken nach vorne drückte und auf die beiden plumpste. Den Großteil seines Körpers rollte er auf Ians Schoß und seinen Kopf und seine Vorderpfoten auf den von Kelly.

„Ich glaube nicht, dass er gerne alleine schläft." Kelly rieb mit ihren Fingerknöcheln an seinem Kinn. „Ich wette, er schläft immer bei seinen Geschwistern. Oder bei seinen Eltern."

„Er wäre nicht das erste Baby, das bei seinen Eltern schläft."

„Nein", Kelly lächelte. Es war ein hübsches, süßes Lächeln. „Vermutlich nicht."

„Was mich an diesen Tieren immer wieder erstaunt, ist ihre bedingungslose Liebe."

„Ich weiß. Es spielt keine Rolle, was ihre Herrchen sagen oder tun. Sie sind immer hingebungsvoll." Kellys Augen blieben auf den Hund gerichtet. „Wünschst du dir nicht, dass Menschen mehr wie Hunde wären?"

Etwas in ihrem Gesicht sagte Ian, dass der Kommentar von ihr nicht so beiläufig gemeint war, wie wenn er von jemand anderem gekommen wäre. „Ich kenne ein paar, die ein oder zwei Lektionen von diesen Tieren lernen könnten."

„Dieser Kerl vertraut darauf, dass wir uns um ihn kümmern. Lieb zu ihm sind. Ich wette, er würde sich niemals umdrehen und uns einfach beißen."

„Nicht absichtlich." Ian wünschte, er würde Kelly besser kennen, dann könnte er direkt sein und sie fragen, was sie bedrückte. So wie er es bei Hannah oder Grace machen würde. Nicht dass eine davon ihm etwas erzählen würde. Meistens bekam er nur eine Hokuspokus-Antwort, bei der er genau wusste, dass es nichts mit der Wahrheit zu tun hatte, sondern damit, warum er Frauen nie wirklich verstehen würde. Aber jetzt, als er sah, wie sich die Traurigkeit in Kellys Augen ausbreitete, wünschte er sich wirklich, er würde wissen, was genau er sagen sollte. „Was geht dir wirklich durch den Kopf?"

KAPITEL ELF

„**M**änner", murmelte Kelly, bevor die Filter in ihrem Kopf sie stoppen konnten. In der Sekunde, in der sie ihre eigenen Worte hörte, fielen ihr fast die Augen aus dem Kopf und ihre freie Hand flog zu ihrem Mund, um sich daran zu hindern, noch etwas Dummes zu sagen.

Basierend auf dem Anflug eines Lächelns, das Ians Mundwinkel zierte, war Kelly überzeugt, dass es ihr gelungen war, sich vollkommen zum Narren zu machen.

Sie ließ ihre Hand sinken und entschied sich dafür, die Ohren des Hundes mit beiden Händen zu kraulen. „Das habe ich nicht so gemeint, wie es sich anhört."

„Wie hast du es denn gemeint?"

Mit rasendem Herzen zwang sie sich, ihren Blick von dem Hund zu Ian zu heben. Es war kein Anzeichen eines Lächelns zu erkennen. Er streichelte weiter mit einer Hand langsam über die Seite des Hundes, behielt sie aber fest im Auge. Im Moment würde sie eine Menge Geld zahlen, um zu herauszufinden, was er dachte.

Schweigen machte sich zwischen ihnen breit, bis ihr klar wurde, dass Ian nicht die Absicht hatte, noch etwas zu sagen, bevor sie antwortete. Sie atmete tief ein und dann resigniert wieder aus und zuckte mit den Schultern. „Sagen wir einfach, meine letzte Beziehung lief nicht so gut und ich bin mit dem Hund wahrscheinlich besser dran."

„Das glaubst du nicht wirklich, oder?"

Sie hob ihre Schulter in einem trägen Achselzucken. „Es ist schwer."

„Welcher Teil?"

„Ich war nie das schlanke, hübsche Mädchen. In der Grundschule waren Grace und Becky die Hübschen, die Normalen." Sie warf einen Blick in Ians Richtung und bemerkte, dass sich zwischen seinen Brauen ein kleines Stirnrunzeln bildete, aber er sagte nichts. „Am Anfang erinnere ich mich, dass Eltern, Nachbarn und sogar Lehrer manchmal sagten, ich müsse einfach aus meinem Babyspeck herauswachsen."

Das Stirnrunzeln verharrte auf Ians Gesicht, aber diesmal hob er sein Kinn zu einem kurzen Nicken.

„Dann bin ich", sie schluckte auf der Suche nach den richtigen Worten, „aufgeblüht. Und ich fing an, viel Aufmerksamkeit zu bekommen. Aber selbst in diesem jungen Alter, wusste ich schon, dass diese aus den falschen Gründen passierte."

Diesmal presste Ian seinen Mund zu einer dünnen Linie zusammen, während er über ihre Worte nachdachte.

„Bis zur High School hatte jedes Mädchen mehr Proportionen bekommen. Ich war nicht mehr so herausragend, aber ich war immer noch das einzige richtig kurvige Mädchen in der Klasse." Sie stieß ein halbherziges Kichern aus. „Zumindest wurde mir nicht mehr gesagt, dass ich Babyspeck habe. Jetzt hieß es, ich wäre kurvig und hätte schwere Knochen."

„Viele Frauen zahlen einen Haufen Geld für Kurven."

Sie nickte. „Stimmt, aber trotzdem wollen wir immer das, was wir nicht haben. Becky hat den größten Teil ihres Erwachsenenlebens damit verbracht, mir zu sagen, dass sie für meine Kurven töten würde, und ich hätte getötet, wenn man mich zuerst wegen etwas anderem bemerkt hätte als meiner Figur." Kelly würde ihm nicht sagen, dass sie auch getötet hätte, wenn ein guter, ehrenhafter Mann wie D.J. Farraday sich Hals über Kopf in sie verliebt hätte, egal wie sie aussah. „Jedenfalls ist mir auf lange Sicht klar geworden, dass die meisten Männer Idioten sind." Sie zuckte zusammen. „Tut mir leid, nicht böse gemeint."

Eine Seite seines Mundes verzog sich zu einem Farraday-Lächeln. „Habe ich nicht so aufgefasst."

„Und ich habe gelernt, die netten Normalen zu erkennen. Ein paar waren wirklich nette Jungs und gehören immer noch zu meinen Freunden. Es ist nur dieser letzte. Brett. Groß, schlank, starke Schultern, strahlend blaue Augen, die Art von Typ, den man auf dem Cover eines Liebesroman sehen würde. Die Art Typ, von dem alle Mädchen träumen. Zuerst war ich so verblüfft, dass sich jemand so nettes und gutaussehendes für mich interessierte, dass ich vermutlich ein wenig blind für einige seiner nicht so schönen Seiten und Fehler war.

Dieses kleine Stirnrunzeln tauchte wieder zwischen Ians Augenbrauen auf.

„Becky war die erste, die die kleinen Seitenhiebe bemerkte. Dann Grace. Aber erst als Joanna mich fragte, warum ich mich mit diesem Arsch abgebe, realisierte ich, dass er wirklich ein Arsch war."

Ian hatte aufgehört, den Hund zu streicheln. Sie konnte sehen, wie sich die Spannung in seinen Schultern aufbaute und sich bis in seine Fingern ausbreitete. Die Hand an seiner Seite ballte sich zu einer lockeren Faust und ihr wurde klar, was er denken musste.

„Er hat mich nicht geschlagen oder so etwas. Ich würde niemanden so Dummes ertragen. Es waren nur die subtilen Bemerkungen darüber, was ich trage. Dass dieser Rock meinen Hintern groß aussehen lässt. Ob ich darüber nachgedacht habe, speziell geschnittene Blusen zu kaufen, die besser passen würden. Dass ich vielleicht den Salat anstelle des Steaks essen sollte. Ich auf Kartoffeln verzichten sollte, weil ich mir die Kohlenhydrate nicht leisten kann. Dass ich mehr Sport treiben sollte, um die zusätzlichen Pfunde zu verlieren. Nachdenken sollte, bevor ich etwas sagte. Letztendlich kam er einfach damit heraus und sagte, wenn ich mit ihm zusammenbleiben wolle, müsse ich abnehmen."

Ian war wieder dazu übergegangen, den Hund zu streicheln, aber das Zucken seines Kinn sagte ihr, dass er das vermutlich mehr tat, um sich selbst zu beruhigen, anstatt das Tier.

„Ich habe Brett gesagt, dass er etwas Fett in seinem Gehirn verlieren muss. Dass viele Männer meine Kurven mögen und ich ihn nicht brauche. Es stellte sich heraus, dass es nicht so einfach war, ihn loszuwerden. Jedes Mal, wenn ich in den Spiegel schaue, frage ich mich, ob ich wirklich kurvig oder einfach fett bin. Wenn ich Abendessen bestelle, denke ich darüber nach, ob ich auf das Steak verzichten und den Salat nehmen soll. Ich weiß, ich sollte nicht zulassen, dass seine Sticheleien mein Selbstbild verändern. Ich habe Hüften und ich habe Brüste und es gibt Frauen, die für beides töten würden, und gute Männer, die mich für alles an mir lieben und schätzen, nicht nur für mein Aussehen. Aber irgendetwas lässt mich die Gedanken an diesen Idioten einfach schwer abschütteln." Kelly wagte es, zu Ian aufzublicken. „Es tut mir leid. Ich wollte nicht ausschweifen."

„Du musst dich nicht entschuldigen."

„Ich weiß nicht einmal, warum ich dir das alles erzähle."

„Vielleicht, weil ich zuhöre."

Gänsehaut wanderte über ihre Arme. Vier einfache

Worte, die vielleicht das Netteste waren, was je ein Mann zu ihr gesagt hatte. Jemand, der darauf achtete, was in ihrem Herzen war, nicht an ihrer Brust. Und bei ihrem Glück musste er natürlich ein Farraday sein. Und nicht nur ein Farraday, der sie wahrscheinlich nur als kleine Schwester sah, sondern einer, der nicht lange genug hier sein würde, um ihn besser kennenzulernen. War das nicht einfach eine verdammte Schande?

Dieser Brett hatte Glück, dass Ian nicht im selben Raum mit ihm war, ansonsten hätte er ihm den Hals brechen können, so wie den Hühnerknochen, den sie aus diesem kleinen Welpen herausgeschnitten hatten. Der Typ hatte wahrscheinlich ein Gehirn – und Eier – von der Größe einer Erdnuss. Es gab viele Dinge in diesem Leben, die Ian egal waren. Aber vieles reizte ihn auch. Verbale und emotionale Misshandlungen standen ganz oben auf seiner Liste, gleich nach Gewalt und dicht neben Tierquälerei.

Die Art, wie sich Kellys Augen bei seinen Worten leicht weiteten, sagte ihm, dass das, was er gesagt hatte, entweder wirklich, wirklich richtig oder wirklich, wirklich falsch gewesen war. Aber er hatte keine Ahnung, was von beiden. Schweigend darauf zu warten, dass sie etwas sagte, etwas tat, um ihm besser zu zeigen, was er getan hatte, war nervenaufreibender, als auf das Urteil der Geschworenen in einem Fall zu warten, dessen Aufbau Jahre gedauert hatte.

Der Welpe löste die stille Anspannung und stupste Ians jetzt ruhende Hand an.

„Tut mir leid, Kumpel."

„Er braucht einen Namen." Kellys Gesichtsausdruck wechselte von Überraschung zu Wärme.

Schade, dass die Wärme auf den Hund gerichtet war. Nicht, dass Ian das Recht hatte, so zu denken. Er hatte auch keinen logischen Grund, überhaupt daran zu denken. Doch er tat es.

„Ich glaube nicht, dass Rover passt." Kelly fuhr mit dem Finger über die Nase des Welpen.

„Vielleicht, wenn du Jane heißen würdest." Er warf ein lässiges Grinsen in ihre Richtung und jubelte innerlich, als sie das Lächeln erwiderte.

„Er ist so süß."

„Das ist er." Er wollte noch mehr sagen, aber diese paar Worte waren alles, was er auszusprechen wagte. Fürs Erste.

„Dein Onkel Sean sagt, ein guter Hütehund sollte einen einsilbigen Namen haben, damit er Befehle leichter befolgt kann."

Ian nickte. Selbst wenn Hunde längere Namen hatten, benutzten Viehzüchter normalerweise kürzere Namen. „Hast du vor, ihn eines Tages wegzugeben?"

Erstaunte Augen blickten wieder zu ihm auf. „Nein."

„Dann kannst du ihm jeden Namen geben, den du möchtest."

Ihr Kopf wippte auf und ab, als würde sie nicht nur antworten, sondern sich selbst davon überzeugen. „Buddy", flüsterte sie dem Hund zu.

„Fragst du ihn, ob er so heißen will?"

Kelly lächelte ihn wieder an. „Du hast ihn ein paarmal Kumpel genannt. Und Buddy heißt Kumpel. Wenn der Name gut genug für den Hund eines Präsidenten ist, warum nicht auch gut genug für ihn?"

„Warum nicht?" Der Name passte zu dem Hund. Ian war sich sicher, dass Buddy der beste Freund seines Frauchens sein würde.

„Dann heißt er jetzt Buddy Morgan." Kelly griff nach dem neuen Hundebett und schob es unter Buddys

Kopf, während sie sich erhob.

Er streichelte Kellys neuen Hund weiter, bis sie mit einer Schüssel Wasser zurückkam.

„Mal sehen, ob er an etwas zum Rehydrieren interessiert ist." Kelly stellte die Schüssel neben den Hund und wartete.

Als die Metallschüssel über den Boden kratzte, öffnete der Welpe die Augen, hob jedoch nicht den Kopf. Er beobachtete Kellys Bewegungen aufmerksam, als sie die Schüssel losließ und zurücktrat. Für ein paar Sekunden dachte Ian, der benommene Blick des Hundes bedeutete, dass er darauf zu warten schien, dass sie sich hinkniete und ihn noch einmal am Kopf kraulte.

„Keinen Durst, Buddy?" Ihre Stimme klang sanft, leise und schmeichelnd.

Ian konnte nicht für den Hund sprechen, aber wenn sie ihm auf diese Art ein Glas Wasser gebracht hätte, hätte er es sicherlich sofort getrunken. Ähnlich wie der Hund behielt auch er jede Bewegung von Kelly im Auge.

Ohne den Kopf zu bewegen, wandte der Hund seinen Blick von Kelly zum Wasser und wieder zurück. Langsam hob er seinen Kopf, verlagerte sein Gewicht und näherte sich zentimeterweise der Schüssel.

Kellys Gesicht leuchtete vor Freude auf, als der Welpe eine und dann zwei schnelle Schlucke Wasser zu sich nahm.

„Du hast ein schönes Lächeln." Die Worte glitten Ian über die Lippen, bevor er nachdenken konnte.

Kellys Wangen färbten sich in einen schönen Rosaton, während ihr Mund sich leicht öffnete, bevor er fest zuschnappte. „Das musst du nicht sagen."

„Nein, muss ich nicht. Ich hätte nicht einfach so damit herausplatzen sollen, aber es ist die Wahrheit."

Sie brauchte zu lange, um sich zu bedanken. Dieser

Brett hatte ihr wirklich eine Menge Schmerzen zugefügt. Er wünschte, er hätte genug Zeit, um sie davon zu überzeugen, dass er ernst gemeint hatte, was er sagte. Dass er nicht nur höflich war. Als er sah, dass ihre Wangen immer noch leicht rosa gefärbt waren und ein anerkennendes Lächeln ihr Gesicht einnahm, als sie dem Hund dabei zusah, wie er trank und an ein paar Leckerlis knabberte, wünschte er sich, er hätte mehr Zeit. Viel mehr Zeit.

KAPITEL ZWÖLF

„Ich weiß, Rinder sind nicht dasselbe wie Schafe, aber hier stimmt etwas nicht."

Diesmal konnte er seinem Bruder nicht widersprechen. Keines der anderen Kälber stand mit krummem Rücken und gesenktem Kopf da, und er war sich ziemlich sicher, dass dieses eine laufende Nase hatte. Sie brauchten definitiv einen Profi. Das einzige Problem war, dass sie weder einen der Rancher fragen konnten, noch mit dem kranken, gestohlenen Kalb in die Tierklinik spazieren und um ärztliche Hilfe bitten konnten.

„Glaubst du, wir müssen ihn von den anderen Kühen trennen? Was auch immer er hat, könnte ansteckend sein."

Oh, um Himmels willen, woher zum Teufel sollte er das wissen? Seit sie in den letzten Monaten damit begonnen hatten, sich Kälber anzueignen, waren diese Tiere ziemlich wartungsfrei gewesen. Wasser, Gras, ein wenig Schatten, und sie waren überglücklich. Keines von ihnen, besonders nicht die, die sie gegen Anfang gefangen hatten, war auf irgendeine Weise klein oder leicht zu transportieren. Von der Muttermilch entwöhnte Kälber fingen an, über vierhundert Pfund zu wiegen, und dieses hier wog um einiges mehr als das.

Wie zum Teufel sollten sie diesen bösen Jungen von den anderen Kühen wegbringen und ihn von ihnen fernhalten? Rinder dazu zu bringen, etwas zu tun, was sie nicht wollten, war nicht gerade so, als würde man einem abgerichteten Seehund ein Leckerli anbieten. Was noch wichtiger war, wen zum Teufel könnten sie dazu bringen, sich das Tier anzusehen, um ihnen zu sagen, welche Art von Behandlung es brauchte, ohne in Schwierigkeiten zu geraten, weil das Vieh überhaupt nicht hier sein sollte.

„Du denkst schon wieder zu viel. Ich wünschte wirklich, du würdest ein bisschen weniger nachdenken und ein bisschen mehr auf Ideen kommen." Sein Bruder blickte nach links und dann nach rechts und suchte die Tiefen des Weidelandes ab, bevor sein Blick am Rand der Straße hängen blieb. „Denkst du, wir können ihn damit zum Tierarzt transportieren?"

„Wir können ihn nicht zum Tierarzt bringen. Wie sollen wir erklären, dass wir ein krankes Kalb haben?" Dazu noch eines, das alle sehen konnten, wenn sie damit durch die Stadt fuhren. Also keine gute Idee.

Mit einem Finger kratzte sich sein Bruder am Hinterkopf. „Ich nehme an, das ist ein Argument."

Natürlich war es da. Nur brauchte er mehr als ein Argument. Er brauchte einen Plan.

Das Abendessen am Sonntag bei Onkel Sean und Tante Eileen war im Grunde genauso wie das Abendessen bei Ians Eltern, nur auf Steroiden. Mit mehr als doppelt so vielen Kindern wie seine Mutter und sein Vater hatten, von denen alle verheiratet oder fast verheiratet waren, sowie den Enkelkindern, platzte das Haus fast aus allen Nähten.

„Bitte sehr. Stell das auf den Tisch." Tante Eileen reichte ihm eine Schüssel mit Knoblauch-Parmesan-Kartoffelpüree.

„Oh, das wirst du brauchen." Meg, die Frau seines Cousins Adam, steckte einen großen Servierlöffel in die Schüssel.

„Oh", die Frau seines Cousins Connor, Catherine, drückte ihm eine Handvoll Servietten gegen die Brust, „nimm die bitte auch."

„Sicher." Ian nickte und klemmte die Servietten zwischen Kinn und Brust.

Neben ihm erschien sein Cousin D.J. mit einer Salatschüssel in der Größe einer kleinen Viehtränke. „Ich habe gerade mit Esther telefoniert. Der Sheriff vom nächsten County hat angerufen. Die Söhne eines Ranchers campierten in der Nähe einer Weide und riefen ihn an, weil sie einen verdächtigen Lastwagen gesehen hatten. Die Rancher erreichten sie, als sie gerade mit dem Beladen fertig waren.

„Sie haben sie?"

„Einen von ihnen. Der eine Kerl hat es nicht in den Lastwagen geschafft, bevor der Rancher eine doppelläufige Flinte auf ihn richtete."

Ian kicherte leise und stellte die Schüssel auf den Tisch. Dann entfernte er sich von der Ansammlung aus Verwandten, die mit Essen, Besteck und Getränken herumhasteten, lachten und schwatzten und einander neckten, als sie sich vorbeidrängten. Er wuchs in Texas auf, wo Waffen heilig waren. An manchen Tagen hasste er, was sie anrichten konnten, wenn sie in falsche Hände gerieten. Aber er würde sich von jedem schießerprobten Rancher den Rücken freihalten lassen. „Denkst du, das sind unsere Kerle?"

„Noch schwer zu sagen." D.J. ging ebenfalls dem fließenden Verkehr aus dem Weg.

„Oh Mist!", rief eine weibliche Stimme aus der Küche und wurde von einem krachenden Geräusch übertönt.

Eine andere Stimme rief, „Kaltes Wasser", während eine andere schrie, „Ich hole das Eis."

Allison, die andere Ärztin der Familie, knallte eine Sauciere auf den Tisch, drehte sich um und hob ihre kleine Nichte hoch und drückte sie Ian in die Hände. „Ich muss nachsehen, was passiert ist."

Diese Onkel-Ian-Sache war neu für ihn. Die anderen Onkel mussten offensichtlich gut trainiert sein, denn Allison drehte sich um und raste in Richtung Küche davon, voller Zuversicht, dass Ian seine Nichte Brittany fest im Griff hatte. Nur seine Ranger-Reflexe sorgten dafür, dass er sich schnell von dem Fünf-Sekunden-Schwanken erholen konnte, das seine Nichte, Gott sei Dank, für ein lustiges Spiel hielt.

Er hob sie hoch in die Luft und schwenkte sie wie ein winziges Flugzeug nach links und rechts, während er ihr süßes Lächeln im Auge behielt. „Noch?"

D.J. zuckte mit den Schultern. „Sie hatten einen großen Truck."

„Das könnte passen." Ian wurde ein bisschen dreister und warf Brittany ein paar Zentimeter hoch, wobei er fast so breit grinste wie seine Nichte.

„Ja, aber der Truck war mit ausgewachsenem Vieh beladen, das für den Markt bereit war."

Ian seufzte und ging dazu über Brittany mit ausgestreckten Armen von links nach rechts zu wirbeln. „Könnte sein, dass sie mit dem Üben fertig sind und zu ihrem richtigen Plan gewechselt sind."

„Der Gedanke kam mir auch in den Sinn." D.J. stieg in das Spiel ein und gab vor, jedes Mal nach ihrer Nase zu greifen, wenn Brittany in seine Nähe kam. „Der Sheriff wird sich wieder bei mir melden, sobald er mehr Informationen aus dem Kerl bekommen hat."

„Falls er mehr Informationen aus ihm herausbekommt."

„Das wird er wahrscheinlich. Er meinte, der Typ ist ziemlich jung und hat Angst, weil er erwischt würde.

Im Moment sitzt er in einer Zelle und bekommt von Minute zu Minute mehr Panik."

„Es wird funktionieren, wenn er sich keinen Anwalt holt." Jetzt hob Ian Brittany hoch und zog sie an sein Gesicht, um ihr Luft auf den Bauch zu blasen. „Dieses Baby-Ding macht ziemlich viel Spaß."

D.J. lachte und nickte. „Besonders für uns Onkel, da wir von der Windelpflicht verschont bleiben."

„Okay." Allison tauchte wieder auf und Brittany warf sich auf die Frau, die sie aufzog. Allison stützte das kleine Mädchen auf einer Hüfte ab und blickte zu den beiden Männern auf. „Grace hat die gebackenen Süßkartoffeln auf den Boden fallen lassen und dabei spritzte etwas heißes Öl auf ihren Fuß und ihre Hand. Das könnte leichte Brandblasen verursachen."

D.J. blickte über ihre Schulter in die Küche. „Geht es ihr gut?"

„Ja. Die Ladys kümmern sich um sie. Sie halten ihre Hand unter den Wasserhahn und legen ihr Eis auf den Fuß."

„Es wäre schwer gewesen, ihren Fuß unter den Wasserhahn zu schieben." Immer noch verzaubert von seiner Nichte, spielte Ian weiter mit ihr und stocherte dabei mit dem Finger in ihrem Bauch herum.

Allison unterdrückte ein Lachen. „Ehrlich gesagt, ich hätte ihnen zugetraut, dass sie sie hochheben und in die Spüle stopfen, wenn es nötig gewesen wäre."

Nachdem das letzte warme Essen aus der Küche gebraucht worden war, versammelte sich der Rest der Familie um den Tisch herum. Allison ging zum Hochstuhl, um Brittany hineinzusetzen. Auch Ian ging ins Esszimmer, wobei er zumindest ein bisschen besser verstand, warum seine Freunde, die Kinder hatten, praktisch strahlten. Zum ersten Mal hatte er das Gefühl, dass er mehr verpasste, als er zugeben wollte, wenn er sich nicht ernsthaft verabredete und keine Familienplanung auf dem Radar hatte.

Als er Platz nahm, betrachtete er die lächelnden Gesichter, die Händchen haltenden Paare, die Liebe und Anbetung in respektvollen Blicken und fragte sich, wie Kelly sich wohl allein mit ihrem Großvater und Großonkel behauptete. Vielleicht würde er nach dem Abendessen bei ihr vorbeischauen. Schließlich hatte er allen Grund, nach Buddy zu sehen. Und vielleicht würde sie ihm das auch glauben, wenn er ein ernstes Gesicht bewahrte, wenn er vor ihrer Tür stand.

„Ich habe vergessen, wie sehr ich den Strand genieße.“ Kellys Mutter seufzte ins Telefon. Houston war nur eine kurze Fahrt von der Küste von Galveston entfernt. „Nichts ist vergleichbar mit Sand zwischen den Zehen, kreischenden Möwen, die ins Wasser tauchen, und der untergehenden Sonne, die auf den Wellen funkelt.“

„Ich bin froh, dass du eine gute Zeit hast. Kommst du heute nach Hause?“

„Nun …“, das anhaltende Schweigen drückte mehr aus, als ihre Mutter hätte sagen können. „Marilyn muss als nächstes nach Charleston.“

Noch bevor ihre Mutter die letzte Silbe beendet hatte, wusste Kelly, was kommen würde. Ihre Mutter würde für ein längeres Abenteuer unterwegs sein und Kelly musste noch etwas länger für ihren Großvater sorgen. „Wie lange?“

„Nur eine Woche.“

„Eine Woche?“

„Ist das zu lang? Macht Pops dir Ärger?

„Nein. Es geht ihnen gut.“ Eigentlich waren sie ziemlich pflegeleicht gewesen. Tagsüber waren sie in die Stadt gegangen, um mit Freunden Karten zu spielen. Außerdem hatten sie ihr Versprechen gehalten, das Kochen aufzuschieben, bis sie nach Hause kam. Vielleicht hatte sie sich unnötig gestresst und eine weitere Woche wäre kein Problem. Sie widerstand dem Drang, sich selbst eine Lügnerin zu nennen. Sie machte sich nur etwas vor. Jeden Abend kam sie nach Hause und betete, dass sie ihren Großvater nicht inmitten von Trümmern oder einem Aschehaufen vorfinden würde, aber eine weitere Woche würde sie vermutlich nicht umbringen. „Du verdienst einen schönen Urlaub. Viel Spaß mit Marilyn."

Fünf Tage nach der Operation hatte Buddy viel mehr Energie, als wahrscheinlich gut für ihn war. Er war ein paarmal zur Küchentür und zurück zu Kelly getrottet, während sie sich mit ihrer Mutter unterhalten hatte. Jetzt wedelte sein Schwanz und er hüpfte verstohlen von Tür zu Tisch und zurück.

„Was ist mit dir, Liebes? Ist irgendetwas Interessantes passiert?"

Interessant war der Code ihrer Mutter für einen neuen Mann in ihrem Leben. Kelly hatte es nicht für nötig gehalten, ihrer Mutter zu sagen, dass sie Männern zumindest vorerst abgeschworen hatte. Und sie würde ganz sicher nicht den einzigen Mann erwähnen, der ihr Interesse geweckt hatte seit sie Brett vor Monaten vor die Tür gesetzt hatte, da es sich dabei um einen Farraday handelte. „Ich arbeite nur hart."

„Und der Welpe?"

Der kleine Kerl drehte sich jetzt vor der Hintertür im Kreis. Kelly wünschte wirklich, sie könnte einfach die Tür öffnen und ihn laufen lassen, aber Adam hatte gesagt, dass er mindestens eine Woche lang keine großen Anstrengungen machen sollte. Also war Buddy auf kurze Spaziergänge an der Leine den Block hinauf und hinunter beschränkt gewesen. „Nur noch ein paar Tage, Kumpel."

„Verzeihung?"

„Nicht du, Mom. Der Hund. Er brennt nur darauf, raus in den Garten zu dürfen, um herumzurennen. Vermutlich will er die Hühner jagen."

„Oder sie hüten." Ihre Mutter lachte. „Wie kommt Pops mit ihm zurecht?"

„Wie Erdnussbutter und Marmelade."

„Das dachte ich mir. Es wird gut für ihn sein, ein neues Projekt zu haben."

„Ja. Das wird wahrscheinlich das Beste …" Ein Aufblitzen von Rot und Weiß in ihrem Augenwinkel erregte ihre Aufmerksamkeit. Sie hatten keine roten Hühner. Sie stieß sich vom Tisch ab, durchquerte den Raum und blieb am Fenster stehen und blinzelte zweimal, bevor sie ihren Augen traute. „Heilige Mutter Gottes … Mom, viel Spaß. Ich muss mich hier um ein paar Dinge kümmern."

Sie wartete nicht einmal darauf, dass sich ihre Mutter verabschiedete, bevor sie ihr Telefon auf die Theke warf und noch einmal aus dem Fenster sah, nur für den Fall, dass sie halluzinierte. Aber kein Glück. *So viel dazu, dass Pops keinen Ärger machte.*

KAPITEL DREIZEHN

„Würdest du endlich langsamer fahren!", rief Herbert seinem Bruder zu.

„Das ist ein verdammtes Golfmobil", rief Ralph über die Schulter. „Was denkst du, wie schnell ich fahre?"

„Schneller als die Kuh. Fahr langsamer."

„Ich dachte, die Idee war, ihn so schnell wie möglich in die Garage zu bringen, damit die Nachbarn ihn nicht sehen."

„Ja, aber wenn das Tier vorher vor Erschöpfung umfällt, wird es verdammt schwer sein, es zu verstecken. Herbert und sein Bruder hatten den größten Teil des Morgens damit verbracht, das kranke Kalb zu isolieren. Nachdem sie aufgehört hatten, miteinander darüber zu streiten, ob das Kalb ansteckend war oder nicht, und nachdem sie sich darauf geeinigt hatten, dass es am besten wäre, es näher an ihrem Zuhause zu halten, hatte ihre nächste Debatte davon gehandelt, wie man es bewerkstelligen könnte, es zu transportieren.

Sie hatten es bereits gemeistert, ihm ein Halfter anzulegen, also war dieser Teil der Aufgabe relativ gut verlaufen. Aber dieses Mal hatten sie keinen Lastwagen gemietet. Außerdem war es an einem Sonntag keine Option, ein Auto mit angemessener Reichweite zu mieten.

Ralph blieb stotternd stehen.

„Warum hast du angehalten?"

„Frag die Kuh.“

„Was?“ Herbert war die letzte Stunde hinter dem Kalb hergelaufen. Sie waren von hinten in die Stadt gefahren, abseits der dichter bebauten Gebiete, damit niemand sie sehen würde. Das größte Risiko lag in der kurzen Entfernung zum Hinterhof.

„Ich gebe Gas, aber der Wagen bewegt sich nicht. Frag den Junior da hinten, was passiert ist.“ Herbert umkreiste das Tier vorsichtig und machte dabei einen großen Bogen, um nicht versehentlich getreten oder zertrampelt zu werden. „Komm schon. Zeit weiterzugehen.“ Herbert zischte das Tier an, wie er es bei einem Pferd machen würde. Große Kuhaugen blickten zu ihm auf. „Schau mich nicht so böse an. Wir haben noch ein paar Meter bis zur Garage. Herbert schlug dem Kalb auf den Hintern, was er ebenfalls bei einem Pferd tun würde. Das Problem dabei war, dass ein Pferd daraufhin davongaloppierte, dieses Tier starrte ihn einfach weiter an.

„Also?“, fragte Ralf.

„Also nichts. Er will sich nicht bewegen.“

„Wo hast du den roten Pullover hingelegt?“

Herbert verzichtete darauf, die Augen zu verdrehen und zu Gott für einen klügeren Bruder zu beten. „Ich habe ihn im Auto gelassen. Er wird jetzt nicht mehr helfen als vorhin auf dem Golfplatz. Wenn du ihm mit deinem Pullover vor dem Gesicht herumwedelst, wird er sich nicht bewegen. Er ist kein ausgewachsener Stier, und das ist es nicht Pamplona.“

„Pam was?“

Diesmal blickte Herbert zum Himmel auf, holte tief Luft und wandte sich mit gesenkter Stimme der Kuh zu. „Es sind nur noch ein paar Meter. Könntest du nicht einfach für mich weitergehen?“

Er würde auf das Grab seiner Vorfahren schwören, dass die Kuh nur schmatzte und den Kopf schüttelte.

Aber vielleicht hatte er auch einfach nur zu viel Zeit in der Sonne verbracht.

Kelly konnte nicht schnell genug rennen. So sehr sie auch glauben wollte, dass sie halluzinierte, so klar konnte sie sehen, wie Pops, gefolgt von Onkel Ralph auf einem Golfmobil mit einer dahinter angebundenen Kuh, am Fenster vorbei durch den Garten schlenderte.

„Oh mein Gott", kreischte sie praktisch, als sie aus dem Haus stürmte und die Fliegengittertür hinter sich zuschlug. Buddy tänzelte fröhlich hinter ihr her und Kelly nahm sich nicht die Zeit, ihn aufzuhalten. Ihr Großvater stand jetzt neben dem stämmigen Tier. Was zum Teufel machte er mit einer Kuh? War die bunte Auswahl an Hühnern, die sie hielten, nicht Menagerie genug?

Der erschrockene Gesichtsausdruck ihres Großvaters bei Anblick seiner Enkelin wechselte schnell zu Ruhe und Entspannung. Der Mann richtete sich auf und starrte sie mit einem so strahlenden Lächeln an, als wäre es für sie völlig normal, mit einer Kuh im Hinterhof herumzuhängen. „Kelly, Liebes, wir dachten, du würdest am Sonntag mit Becky und Grace bei den Farradays zu Abend essen."

„Ich wollte Buddy nicht alleine lassen." Ehrlich gesagt wollte sie ihren Großvater nicht alleine lassen und sie hatte eindeutig Recht gehabt. Jetzt wusste sie nicht, was sie als nächstes sagen sollte. Nun, außer das Offensichtliche. „Warum steht eine Kuh in unserem Hinterhof?"

„Oh", ihr Großvater warf einen verstohlenen Blick auf seinen Bruder, dann auf die Kuh und dann zurück zu ihr, „naja, ähm, ah ..."

„Die Kuh fühlt sich schlecht", sagte Onkel Ralph.

Die Kuh stand mit laufender Nase wie angewurzelt da. „Das kann ich sehen."

„Kennst du dich mit kranken Kühen aus?" Das Gesicht ihres Großvaters leuchtete interessiert auf.

In den Jahren der Zusammenarbeit mit Adam hatte sie genug über Hunde, Katzen und Kühe gelernt, um gelegentlich aushelfen zu können, obwohl in diesem Fall wohl jeder Idiot erkennen konnte, dass der Kuh die Nase lief.

„Wir haben den Kerl bis hierher gebracht", sagte Pops, „und jetzt will er sich nicht mehr bewegen."

Kelly trat nahe genug an das Tier heran, um es am Schwanz zu packen und zu drehen und einen kleinen Schubs zu geben. Normalerweise würde das ausreichen, um eine Kuh zu bewegen, aber wenn es dem Tier nicht gut ging, konnte es zur Zerreißprobe werden, es dazu zu bringen, sich auch nur ein wenig zu bewegen. „Wessen Kuh ist das und wohin bringen ihr sie?"

„Ähm", murmelte ihr Pops erneut. „Ein … ähm … Freund von uns steigt ins … äh … Viehgeschäft ein …"

„Ja", Onkel Ralph nickte mit etwas mehr Enthusiasmus, als die Antwort rechtfertigte. „So ist es. Ein Freund, und er wollte dieses Kalb vom Rest der Herde trennen, bis er damit zu einem Tierarzt kommt …"

„Richtig", lächelte Pops, „und wir schlugen vor, dass er es bis dahin in unserer Garage unterbringen kann." Das Grinsen auf dem Gesicht ihres Großvaters wurde so breit, dass jeder, der ihn sah, glauben würde, er wäre gerade für einen Nobelpreis nominiert worden.

Irgendetwas daran ergab einfach keinen Sinn. Sie hoffte nur, dass ihr Großvater nicht mit der verrückten Idee, ins Viehgeschäft einzusteigen, eine verdammte Kuh gekauft hatte und nun beabsichtigte, eine Herde in einer Garage für zwei Autos zu verstecken. Kopfschüttelnd trat sie zurück. „Lass mich reingehen und eine leere Wasserflasche holen. Bei den Farradays habe ich gesehen, wie sie eine mit Steinen gefüllte Plastikflasche vor der Kuh geschüttelt haben. Krank oder gesund, das schien sie immer zum Bewegen zu animieren. Ich bin gleich wieder da."

Mit dem Vorderteil tief am Boden, dem Hintern in der Luft und den chirurgischen Kegel über den Boden schleifend, behielt Buddy die einsame Kuh genau im Auge.

„Komm schon, Buddy." Kelly schnippte mit den Fingern an ihrer Seite. „Komm mit."

Der Welpe zuckte mit dem Kopf nach links und dann nach rechts, blickte zu ihr, dann zur Kuh und zurück, bevor er schließlich den Befehlen folgte und an ihre Seite tänzelte.

„Guter Junge." Sie tätschelte seinen Kopf und kraulte ihn zusätzlich hinter seinem Ohr. Wenigstens ein Mitglied dieser Familie hielt sich aus Ärger heraus.

Eine kleine Plastikflasche in der Küche zu finden war einfach, die Kieselsteine zum Schütteln waren eine andere Geschichte. Die Idee, sie durch Pennys zu ersetzen, kam ihr in den Sinn, aber sie war sich nicht sicher, ob es den gleichen Effekt haben würde. Mit der leeren Flasche in der Hand trat sie nach draußen, wobei sie darauf achtete, dass Buddy ihr nicht folgte. Sie zog die Hintertür genau in dem Moment hinter sich zu, als ihr Handy klingelte. Ihr Herz machte einen kleinen Tanz, als sie die Nummer als die von Ian erkannte.

Neulich abends in der Klinik waren die beiden stundenlang bei Buddy gesessen, hatten geredet und gescherzt, als wären sie seit Jahren enge Freunde. Bis der Pfleger endlich kam, hatte Ian so oft gemeckert und gemurrt und gemurmelt, was für ein Versager, Arsch und Idiot Brett war, weil er sie hatte gehen lassen, und dass er sie von Anfang an nicht verdient hatte, dass sie tatsächlich anfing zu glauben, dass das Problem wirklich Brett war. Ihr Kopf hatte das die ganze Zeit gewusst, aber ihr Herz war nur schwer davon zu überzeugen. An keinem einzigen Tag in dieser Woche hatte sie in den Spiegel geblickt und an sich gezweifelt.

Es hatte auch nicht geschadet, dass Ian am Freitagnachmittag in die Stadt gekommen war, um ein paar Vorräte im Futterladen zu holen, und sie dabei zum Tanzen im Boots and Scoots eingeladen hatte. Sie hätte so gerne Ja gesagt, aber da ihre Mutter weg war, fühlte sie sich nicht wohl dabei, die alten Männer zu lange allein zu Hause zu lassen. Sie hatte jedoch zugestimmt, es auf ein andermal zu verschieben, und hoffte ernsthaft, dass er sie darauf ansprechen würde.

„Hallo." Sie atmete ein, um sich zu beruhigen, und ging über den Hof zu ihrem Großvater.

„Hi", sagte Ian sanft. „Ich dachte, du würdest heute zum Abendessen zu uns kommen."

„Nein. Ich hoffe, Becky hat erklärt, warum ich nicht zu Tante Eileen gehen konnte."

„Das hat sie. Deshalb komme ich mit den Resten von Tante Eileens Essen vorbei. Genug, um sogar noch all deine entfernten Verwandten vierzehn Tage lang zu ernähren."

Kelly kicherte. Damit hätte sie rechnen müssen.

„Ich biege jetzt in eure Straße ein."

„Jetzt?" Nicht, dass sie ihn nicht sehen wollte, aber sie wollte nicht erklären müssen, warum sie eine Kuh im Hof hatten. Ian wusste bereits von dem Zaun, den Hühnern und dem Feuer, aber sie wollte nicht auch noch so tun, als wäre es normal, dass ihr Großvater eine Kuh nach Hause brachte.

„Ist das ein Problem?"

„Nein überhaupt nicht."

„Gut. Bis in einer Minute."

Der Anruf endete, und sie steckte das Telefon in ihre Tasche und eilte die letzten paar Schritte zu der Kuh und ihrem Großvater. „Wir haben nur ein paar Minuten." *Hicks.* „Onkel Ralph, du stellst das Golfmobil in die Garage." Sie wandte sich wieder ihrem Großvater zu. „Du sammelst ein paar Kieselsteine, füllst sie in die Flasche und schüttelst sie dann hinter der Kuh. Das sollte sie dazu bringen, sich zu bewegen."

Beide Männer nickten. Ihr Großvater eilte los, Onkel Ralph band die Kuh vom Wagen los, und sie überlegte, ob sie ihrem Großvater helfen oder eine Minute hineingehen sollte, um wenigstens etwas Rouge oder Lippenstift aufzutragen. Aber sie hatte keine Zeit für beides, da sie den kurzen lauten Piepton hörte, der ihr sagte, dass Ian gerade angekommen war und seinen Truck abgeschlossen hatte. Er musste buchstäblich schon die halbe Straße hinaufgefahren sein, als er sie anrief.

„Ich muss rein", rief sie ihrem Großvater ein bisschen hektischer zu, als sie beabsichtigt hatte. „Bitte beeil dich. Ich möchte nicht, dass Ian die Kuh sieht." *Hicks.*

„Ian Farraday besucht dich?" Ihr Großvater blieb abrupt stehen und drehte sich zu ihr um.

„Die Steine", rief sie über die Schulter und eilte schon auf das Haus zu, „die Kuh. Und stellt das Golfmobil in die Garage!" Auf keinen Fall würde sie jetzt über Ian Farraday sprechen. Sie wollte nur, dass die Kuh nicht zu sehen war.

Sie hatte es rechtzeitig zur Küchentür geschafft, um die Hausglocke läuten zu hören und zu sehen, wie ihr Großvater sich widerwillig wieder der Aufgabe widmete, Steine zu sammeln. Onkel Ralph hatte den Wagen in der Garage geparkt und zog das Tor herunter, um die Beweise zu verbergen, doch die Kuh stand immer noch mit leicht gebeugtem Rücken und gesenktem Kopf an Ort und Stelle. Sie betete, dass sie das arme Ding bewegen konnten, bevor es sich hinlegte und ein wohl dringend benötigtes Nickerchen machte.

Buddy war vor ihr an der Tür, wedelte mit dem Schwanz und machte Geräusche, die eher nach einem Gespräch als nach einem Bellen klangen.

„Warte", sagte sie zu dem Welpen, nahm eine tiefe Atemzug, um hoffentlich ihren Schluckauf zu ersticken, und schwang die Tür.

Ian stand mit einer Tüte in jeder Hand da und streckte sie ihr entgegen. „In die Küche?"

„Oh, äh." Mit perfektem Blick auf den Zirkus in ihrem Garten war das der letzte Ort, an dem sie ihn haben wollte. „Lass mich."

„Ich kann sie für dich tragen."

„Das wird nicht nötig sein, äh", sie holte noch einmal Luft, bevor ihr ein weiterer Schluckauf entkam. „Buddy hier wird durchdrehen, wenn er nicht von seinem Retter hinter den Ohren gekrault wird."

Ganze zwei Sekunden lang dachte sie, er würde Einwände erheben, aber stattdessen, tastete Buddy – Gott hab ihn selig – mit hektisch wackelndem Schwanz nach Ian und zauberte ein Lächeln auf das Gesicht des Mannes. „Okay, Junge." Er nickte Kelly zu und überreichte ihr die beiden Tüten, bevor er in die Hocke ging, um den Welpen zu kraulen.

Kelly warf einen flüchtigen Blick auf die beiden, wirbelte herum, eilte in die Küche und rief Ian zu: „Du hast nicht gescherzt. Tante Eileen muss denken, dass ich eine ganze Armee ernähren muss."

„Du weißt, wie sie ist."

„Ja", kicherte Kelly, „das tue ich." Sie stellte die Tüten auf den Tisch und warf einen heimlichen Blick aus dem Küchenfenster, erleichtert zu sehen, dass zumindest das Golfmobil weg war. Da sie wegen des

Anblicks der Kuh in ihrem Garten so erstaunt gewesen war, blieb sie erst jetzt stehen, um sich zu fragen, was zum Teufel die beiden mit einem Golfmobil machten. Aber diese Ungereimtheit würde sie auf ein anderes Mal verschieben müssen.

Kleine Krallen klapperten auf dem Holzboden. Das näherkommende Geräusch ließ Kellys Herzschlag schneller schlagen und ein leiser Schluckauf entkam ihr. Bevor sie sich um den Tisch herumarbeiten konnte, standen Ian und Buddy bereits in der Tür.

„Ihm geht es wirklich gut."

„Ja. Ja, das tut es." Sie manövrierte schnell um den Tisch herum und stellte sich zwischen Ian und das Fenster. Nicht, dass es viel nützen würde, da er einen Kopf größer war als sie. „Setzen wir uns ins andere Zimmer."

Nicht ihrem Plan folgend, schlüpfte Buddy an Kelly vorbei und eilte zur Hintertür.

„Buddy." Kelly bewegte sich wieder und schnippte mit den Fingern in Richtung des Hundes. „Komm her, Buddy. Komm schon."

„Sieht so aus, als wollte er nach draußen."

„Ja, nun, er darf noch mindestens ein paar Tage nicht herumlaufen. Geh du ins Wohnzimmer und setzt dich, ich bringe ihn mit." Sie legte ihre Hand auf Ians Arm und schob ihn sanft Richtung Tür. Aber da der Mann wie eine Steinstatue gebaut war, würde es viel mehr als nur einen sanften Schubs brauchen, um ihn zu bewegen.

„Wenn er so darauf erpicht ist hinauszugehen, können wir ihn doch im Auge behalten."

„Sicher ist sicher." Kelly lächelte und überlegte, Ian einen weiteren Schubs zu geben, als dieser sich zu den hinteren Fenstern umdrehte und sie ein weiteres *Hicks* hinunterschlucken musste.

„Sieh mal." Er zeigte auf das erste Eckfenster. „Da

kommt dein Großvater.“

Zwei Fenster weiter, und er hätte direkt auf die Kuh gestarrt.

„Er ist gerne draußen. Warum gehen wir nicht ins Wohnzimmer?“

Ian rückte noch ein paar Zentimeter nach rechts, und Kelly wusste, dass er die Kuh jede Sekunde erblicken könnte.

Panik erfasste sie. Sie musste ihn dazu bringen, sich zu bewegen. Sie warf einen Arm an seine Schulter und legte ihre andere Hand mit gespreizter Handfläche offen auf seine Brust. Sie stellte sich auf die Zehenspitzen und war bereit, etwas fester zu drücken, als sein erschrockener Blick auf ihrem landete. Plötzlich schien der Raum um sie herum zu schrumpfen. Das Klopfen von Buddys Schwanz auf dem Boden und das Kratzen seiner Pfote an der Tür verstummten. Die Angst, dass er die mysteriöse Kuh sehen würde, schmolz dahin.

Sie musste ihn bewegen oder zurücktreten, aber sie konnte nichts anderes tun, als in die schönsten meergrünen Augen zu starren, die sie je gesehen hatte.

„Kelly“, murmelte er leise. Seine Finger legten sich um ihre Arme. Ob er sich an sie klammerte oder sie festhielt, konnte sie nicht mit Sicherheit sagen, aber es war ihr auch egal. Sie stand nur einen Hauch von ihm entfernt und war sich einer Sache bewusst. Ian Farraday war kurz davor, sie zu küssen, und sie würde nichts tun, um ihn davon abzuhalten.

KAPITEL VIERZEHN

ls Kelly ihre eine Hand auf seine Schulter legte, wusste Ian nicht, was sie vorhatte. Als ihre zweite Hand direkt auf seiner Brust landete, war er noch verwirrter. Erst als ihre Augen in seine blickten, verstand er. Daraufhin konnte er nur noch daran denken, sie in seine Arme zu ziehen und diese rosigen Lippen zu kosten.

Er wollte etwas sagen. Es fehlten ihm fast nie die Worte, aber jetzt konnte er nur noch ihren Namen murmeln. Mit jedem Funken von Ehre und Ritterlichkeit, der ihm von seiner Familie eingetrichtert worden war, wartete er und erforschte ihre Augen, um absolut sicher zu gehen, dass die Elektrizität, die seine Sinne durchdrehen ließ, nicht einseitig war.

Aus Angst, sie loszulassen, und aus noch größerer Angst, seine Hände auf diese wohlgerundeten Hüften fallen zu lassen, wagte er es lediglich, ihr ganz langsam näherzukommen. Er wollte ihr die Zeit und den Raum lassen, um zurückzutreten, nein zu sagen. Er machte sich auf einen Schlag ins Gesicht gefasst, falls er den Blick, den sie ihm zuwarf, falsch verstand. Schließlich näherte er sich ihr so weit, um die goldenen Flecken in ihren Augen zählen zu können, und senkte seinen Mund für eine zarte Liebkosung auf ihren. Erneute wiederholte er sanft ihren Namen, bevor er seine Lippen auf ihre treffen ließ.

„Was zum Henker?" Mit irritiert zusammengezogenen Brauen stand Kellys Großvater wie versteinert an der Hintertür, bis sein Bruder gegen ihn prallte und dann einen Meter nach vorne schob, um die Tür hinter ihnen zu schließen.

Kelly sprang mit einem einzigen Satz aus Ians Umarmung. Seit Ian mit sechzehn Jahren beim Knutschen mit Natalie Franks in ihrem Poolhaus von deren Großmutter erwischt worden war, war ihm nichts mehr so peinlich gewesen. Anscheinend war es als Erwachsener nicht weniger peinlich, dabei erwischt zu werden, wie er Kellys weiche Lippen nur kaum berührte.

„Pops." Kelly trat um den Tisch herum und war damit beschäftigt, die Tüten mit den Resten auszupacken. „Habt ihr alles weggeräumt?"

„Ziemlich." Kellys Großvater durchquerte dicht gefolgt von seinem Bruder den Raum und drehte den Wasserhahn der Spüle auf, um sich die Hände zu waschen.

Ian hatte keine Ahnung, was mit *alles* gemeint war, aber das Verhalten ihres Großvaters war daraufhin im Handumdrehen vom finster dreinblickenden Beschützer zum reuigen Untergebenen gewechselt. Diese Tatsache war ebenso überraschend, wie einer Frau zu nahe zu kommen, die er nach den Maßstäben der meisten Leute kaum kannte, und bei der er doch irgendwie das Gefühl hatte, sie besser als jeden anderen zu kennen. „Irgendwas, bei dem ich helfen kann?" Er dachte sich, dass ein Freiwilligendienst viel dazu beitragen könnte, nicht mehr in der Ungnade von Kellys Großvater zu stehen.

„Nein", bellten drei Stimmen.

Erneut nicht die Reaktion, die er erwartet hatte.

Ihr Großvater trocknete seine Hände am Geschirrtuch ab und starrte aus dem Fenster, als würde er nach etwas suchen, bevor er sich zu ihnen umdrehte. „Ich gehe hoch in mein Zimmer. Es war ein arbeitsreicher Tag und ich bin bereit für eine schöne, heiße Dusche."

„Ich werde dasselbe tun", ließ Ralph verlauten.

Kellys Großvater blieb vor Ian stehen. „Denk daran, ich bin nur eine Treppe entfernt."

„Ja, Sir." Ian nickte. Er und Kelly waren definitiv alt genug, um sich zu küssen. Technisch gesehen waren sie für viele Dinge weit über dem Mündigkeitsalter, aber Ian war wie seine Cousins mit altmodischen Standards aufgewachsen. Standards, die in Kleinstädten der USA so weitverbreitet waren, wie Apfelkuchen und die amerikanische Flagge.

Weder er noch Kelly bewegten auch nur einen Muskel, bis ihr Großvater und ihr Großonkel den Flur hinunter und die Treppe halb hinauf gegangen waren. Die Stimmung im Raum war angespannt und er war sich ziemlich sicher, dass dies wenig mit seinem spontanen Kuss zu tun hatte. Ian drehte sich zu ihr um, machte einen großen Schritt in ihre Richtung und blieb dann so stehen, dass Buddy mittig zwischen ihnen saß. „Hier geht es noch um etwas ganz anderes als nur einen Kuss, oder?"

Kelly machte sich wieder daran, die Reste wegzuräumen. „Ich bin mir nicht sicher was du meinst."

„Ich auch nicht, aber irgendetwas stimmt nicht." Er gab Buddy einen schnellen Klaps auf den Kopf und überbrückte die Distanz zwischen ihm und Kelly. „Bist du in Ordnung?"

Ihre Hände blieben mitten beim Auspacken stehen. Sie holte tief Luft und nickte. „Das wird schon wieder."

„Bereitete dir dein Großvater noch mehr Ärger?"

„Nichts, womit ich nicht umgehen kann."

„Irgendwas, wobei ich helfen kann?"

Ihr Kopf drehte sich von einer Seite zur anderen. „Nichts, womit ich nicht umgehen kann", wiederholte sie.

„Würdest du mir sagen, wenn es etwas wäre, mit dem du *nicht* umgehen könntest?"

„Natürlich …" Ihre Worte verstummten einen Moment lang, während ihr Kopf sich leicht zur Seite neigte und ihr Blick von entspannt zu grübelnd wechselte. Dann nickte sie mit einem leisen Lächeln. „Ja, ich denke, das würde ich."

Er konnte nicht anders, als ihr Lächeln zu erwidern. In etwas mehr als einer Woche hatten sie eine aufrichtige Kameradschaft aufgebaut, und das gefiel ihm. Sehr sogar. „Ich mache mich besser auf den Weg, bevor ich etwas tue, weswegen dein Großvater wirklich sauer auf mich sein wird."

Mit diesen Worten gab er ihr einen kurzen Kuss auf die Schläfe, bevor die Versuchung ihres Mundes seinen Verstand übermannen konnte.

Kelly begleitete ihn zur Haustür. „Bitte sag Tante Eileen danke von mir."

„Werde ich."

An der Tür angekommen, öffnete sie sie und stand dahinter, als würde sie sich verbarrikadieren wollen. Er hoffte, dass er mit dem Kuss nichts falsch gemacht hatte. Aber falls es so war, hoffte er, noch eine Chance zu bekommen, es mit einem weiteren wiedergutzumachen.

Obwohl sie die Reste weggeräumt, die Küche aufgeräumt und mit dem Hund gespielt hatte, konnte Kelly nicht aufhören, an die Kuh zu denken, die ihr Großvater mit nach Hause gebracht hatte. Sie konnte sich aber auch nicht dazu überwinden, nach draußen zu gehen und sie sich anzusehen. Sie hatte es mit diesem Aus-den-Augen-aus-dem-Sinn-Ding ausprobiert, aber das funktionierte bei ihr nicht. Als ihr letztendlich die Dinge ausgingen, die sie zu erledigen hatte, wollte sie gerade in die Garage gehen, als ihr Großvater die Treppe herunterkam.

Wie es seine Routine an jeden Abend war, steckte er seinen Kopf in den Kühlschrank und suchte nach einem Snack, den die meisten Leute als ganze Mahlzeit bezeichnen würden. Nur diesmal sagte er nichts zu ihr. Tatsächlich hatte sie das Gefühl, dass er auf dem Weg zum Kühlschrank absichtlich mit dem Hund gesprochen hatte, um ihr nicht ins Gesicht sehen zu müssen.

„Pops. Wir müssen reden."

„Ich habe das gleiche gedacht." Er tauchte mit einem großen Tablett von Tante Eileens Resten wieder aus dem Kühlschrank auf. „Du bist ein ziemlich vernünftiges Mädchen."

„Das würde ich gerne von mir behaupten." Wenigstens wusste sie, dass sie vernünftig genug war, kein Fünfhundert-Pfund-Kalb für ein paar Streicheleinheiten mit nach Hause zu bringen.

Pops zog die Folie vom Tablett, griff hinter sich nach einem Teller und schaufelte mit einem großen Löffel einen Berg Essen darauf. Sie musste ihren Stoffwechsel von ihm geerbt haben. So vollschlank sie auch war, sie war noch nie so schwer gewesen, wie sie es, basierend auf der Menge an Essen, die sie verputzen konnte, sein sollte.

Als Pops die Sache hinauszögerte, indem er Maiskolben und grünen Bohnenauflauf auf den bereits vollen Teller häufte, ließ Kellys Verärgerung die Ungeduld in ihr ins Unermessliche steigen. „Pops."

Er hob einen Finger, schob den Teller in die Mikrowelle und drehte sich um. Ein fixierender, scharfer, stählerner Blick, brachte sie fast dazu, einen Schritt zurückzutreten. „Ich mag die Farradays."

Das war nicht die Eröffnung gewesen, die sie erwartet hatte.

„Ich mag sie sehr. Gute, ehrliche, fleißige Menschen. Selbst wenn sie hilflose Tiere zum Essen züchten –"

„Ich habe keine Lust auf einen Vortrag über die Vorteile einer vegetarischen Ernährung."

Er nickte. „Und dies ist auch nicht der richtige Zeitpunkt dafür. Du weißt, dass Ian Farraday ein erwachsener Mann ist."

Ihr Großvater hielt sie sicher nicht für dumm oder blind.

„Ein Mann seines Alters bleibt kein Junggeselle, ohne dabei ein paarmal am Hafer genascht zu haben."

Hafer?

„Du bist noch ziemlich jung und ich weiß, dass die meisten Frauen die Farradays als Augenweide empfinden. Ian ist da keine Ausnahme, aber ich möchte nicht, dass dieses jungenhafte Aussehen dich täuscht. Ian Farraday kehrt in sein Leben und seine Welt zurück, sobald Finn und seine Braut nach Hause kommen –"

„Pops –"

„Genug mit Pops." Er zog die Schüssel aus der piependen Mikrowelle und fixierte sie mit einem weiteren ernsten Blick. „Ich habe die hübschen kleinen Dinger gesehen, mit denen solche Männer herumtollen. Selbst wenn er ein Farraday ist, ist er immer noch ein Mann, und du gehörst nicht zu diesem Typ Frau."

„Pops." Ein unerwarteter Schmerz zog durch ihre Brust. Ob es die Worte waren, dass nichts aus dieser Beziehung werden könnte – okay, vielleicht keine Beziehung, aber wenigstens ein weiterer Kuss, oder zwei oder mehr mit Ian – oder die Andeutung, dass sie nicht hübsch genug war, dass ein Farraday sich für sie interessieren könnte, wusste sie nicht. Trotzdem schmerzten die Worte ihres Großvaters ungemein. Leider stimmte wahrscheinlich beides davon. Alle Farraday-Frauen waren unterschiedliche Arten von auffälligen und attraktiven Frauen, und alle waren hochintelligent. Zum Teufel, Allison war eine weltberühmte Ärztin, und Catherine hatte mit einigen der besten Anwälte im Mittleren Westen Rechtsstreite geführt und gewonnen.

Pops trat mit einem sanfteren Leuchten in seinem Blick an ihre Seite. „Du wirst den richtigen Mann finden, einen, der dich für die unglaublich schöne Person schätzt und liebt, die du bist, aber denk nicht, dass das Ian Farraday ist."

Da sie die guten Absichten ihres Großvaters verstand, hasste sie es, zugeben zu müssen, dass ihr Großvater recht hatte. So interessant und reizvoll es in vielerlei Hinsicht auch war, Ian Farraday besser kennenzulernen, sie musste sich daran erinnern, dass es nicht darum ging, dass sie gut genug oder hübsch genug war, sondern darum, dass Ian nicht lange genug hier bleiben würde.

Doch das eigentliche Problem, mit dem sie sich in diesem Augenblick auseinandersetzen musste, war nicht ihr Liebesleben oder dessen Fehlen, sondern ihr Großvater und seine verrückten Kuh-Ideen. Sie gab ihrem Großvater einen schnellen Kuss auf die Wange. „Danke, dass du dir Sorgen machst, Pops, aber zwischen mir und Ian ist nichts. Ich habe nur versucht, ihn davon abzulenken, aus dem Fenster zu schauen und dich und Onkel Ralph mit der Kuh zu sehen."

Wenigstens hatte ihr Großvater den Anstand, ein bisschen reumütig dreinzublicken. Ob es dabei um die Kuh selbst ging oder darum, dass Kelly sie gesehen hatte, konnte sie nicht sagen.

„Was mich wieder zum eigentlichen Problem bringt. Die Kuh."

Pops nahm eine ernste Haltung ein, bevor er in sein Kartoffelpüree stach. „Darum brauchst du dir keine Sorgen zu machen. Ralph und … mein Freund und ich kümmern uns darum."

„Das ist es, was mir Sorgen macht." Sie wandte sich ab und ging zur Hintertür. Jemand musste hier die Vernünftige sein, und es schien, als wäre sie diejenige mit der größten Erfahrung im Umgang mit Tieren und Krankheiten. „Warum sollte ein Rancher zwei Greenhorns eine kranke Kuh zur Pflege anvertrauen?"

Sie war schon halb aus der Tür, als ihr Großvater seine Gabel auf den Tisch warf und ihr nacheilte. „Wir wissen, was wir tun. Es ist nicht nötig, dass du nach dem Kalb siehst."

Kelly setzte ihren kurzen Marsch zur Garage fort. Ob es ihr gefiel oder nicht, ihr Großvater hatte einmal zu oft bewiesen, dass sie sich nicht mehr darauf verlassen konnte, dass er irgendetwas auf die Reihe bekam, denn in diesem Fall stand eine kranke Kuh auf ihrem Grundstück. Wahrscheinlich würde sie Adam anrufen müssen, aber sie sollte sich zumindest einen besseren Überblick über die Symptome des Tieres verschaffen, bevor sie ihren Chef damit belästigte.

„Junge Lady, du bist noch nicht so erwachsen, dass du nicht mehr auf deinen Großvater hören musst", sagte er strenger, als sie nach der Klinke der Seitentür zur Garage griff. „Geh du zurück ins Haus und lass mich und Ralph das erledigen."

„Pops, das kann ich nicht tun. Wir müssen wahrscheinlich Adam vorbeikommen lassen, bevor es schlimmer wird." Kelly ging zwei Schritte, bevor sie das hintere Ende des wachsenden Mastrinds erreichte, das in einer leeren Garage stand. Kein Heu, kein Wasser, keine Absperrung, die es von Dingen fernhielt, mit denen es nicht in Kontakt geraten sollte. Sie schüttelte den Kopf. Was für ein verdammtes Durcheinander.

Ihr Großvater trat einen weiteren Schritt näher und hastete um sie herum, in der Absicht, ihr den Weg zu versperren, aber erst nachdem das Licht durch den Türschlitz auf das Hinterteil der Kuh und ein fettgedrucktes F in einem Kreis gefallen war. Das Brandzeichen der Farradays. Ein Farraday-Rind. Ein krankes Farraday-Rind.

Ihr Kopf schnellte nach links zu dem niedergeschlagenen Gesicht ihres Großvaters. „Oh, Pops. Was um alles in der Welt hast du jetzt angestellt?"

KAPITEL FÜNFZEHN

Ian war bereits einige Blocks von Kellys Haus entfernt und doch surrte ihm aufgrund der letzten paar Minuten immer noch der Kopf. Dieser Hauch eines Kusses hatte etwas bei ihm ausgelöst, das er nicht loswerden konnte. Nichts davon ergab einen Sinn. Die gesamte Interaktion war kaum als echter Kuss zu qualifizieren, und doch hatte sie ihn mehr beeinflusst als jeder andere Kuss zuvor.

Als er um die Ecke auf die Main Street bog, überlegte er, was er tun sollte. Er hatte nur noch eine Woche, bis er sich wieder zur Arbeit zurückmelden musste, und die meiste Zeit davon würde er mehr als eine Stunde von der Stadt entfernt auf der Ranch verbringen. Das würde es schwierig machen, Zeit mit Kelly zu verbringen. Und Zeit mit Kelly zu verbringen, war genau das, was er gerade tun wollte. Tun musste. Eine andere Sache, die keinen Sinn ergab. Er hatte in seinen Jahren viele Frauen kennengelernt. Viele Frauen gern gehabt. Ein oder zwei Mal war er sogar so vernarrt gewesen, dass er gedacht hatte, er hätte die Richtige gefunden. Die Zeit hatte diese Illusion jedoch immer zerstört. Alle waren nette Mädchen gewesen, aber keine hatte etwas in ihm geweckt, das er nicht mehr loswerden konnte. Bis auf Kelly, und das erschreckte ihn.

In die Nähe des Cut and Curl wurde Ian langsamer, als er den verbeulten alten Pick-up seines Bruders sah.

Obwohl es sehr unwahrscheinlich war, dass Jamison in die Stadt kommen würde, ohne dass irgendjemand in der Familie davon wusste, war es noch unwahrscheinlicher, dass es auf dieser Welt zwei dieser alten Trucks gab. Als er fast auf Schneckentempo abgebremst hatte, um einen genaueren Blick auf den Wagen zu werfen, erkannte er nicht nur, dass es sich um Jamisons Truck handelte, den er an der Seite geparkt hatte, sondern auch, dass sein Bruder daneben auf dem Bürgersteig stand und grinsend auf das Gebäude vor ihm blickte.

Anscheinend war er nicht der Einzige, der überrascht war, Jamison in der Stadt anzutreffen. Sissy ging in zügigem Tempo die Straße hinauf und winkte hektisch, während Sister die Tür zu ihrer Boutique abschloss. Was für ein seltsamer Anblick? Nicht, dass irgendetwas seltsam daran war, dass die Schwestern irgendjemandem die Straße entlang jagten, sondern, dass sie um diese Zeit aus ihrem Laden kamen. Im Gegensatz zum Rest der modernen Welt waren die Geschäfte auf der Main Street sonntags geschlossen. Das Sisters war keine Ausnahme.

Bis er geparkt hatte und aus dem Truck gestiegen war, waren beide Schwestern in ein angeregtes Gespräch mit seinem Bruder vertieft. Jamison lächelte und nickte und legte all den Farraday-Charme auf, der ihm zur Verfügung stand, was die Schwestern wie vernarrte Schulmädchen grinsen ließ. Gott, wie Ian diese Stadt liebte.

„Bin ich auch zu dieser Party eingeladen?", rief Ian, während er seinem Bruder auf die Schulter schlug und ihn in eine herzliche Umarmung zog. „Weiß Tante Eileen, dass du kommst?"

„Bis vor ein paar Stunden wusste nicht einmal ich, dass ich herkomme."

„Jamison hat uns gerade die gute Nachricht überbracht," sagte Sissy, die größere der beiden Schwestern.

„Ja", Sister, die nach all den Jahren ihr Haar immer noch so hoch wie breit trug, um das sogenannte Texas-Big-Hair am Leben zu erhalten, grinste aufgeregt, „vielleicht zieht er nach Tuckers Bluff."

„Wirklich?" Ians Bruder hatte sich seit einiger Zeit etwas kryptisch über ein bevorstehendes Projekt geäußert. Das letzte Mal, als sie Gelegenheit gehabt hatten, sich hinzusetzen und wirklich zu reden, hatte Jamie angedeutet, dass sich ein guter Deal aufgetan hatte. Ian konnte nicht glauben, dass dieser Deal in Farraday Country lag.

„Es sind noch ein paar kleinere Punkte zu klären, aber es sieht wirklich gut aus."

„Nun", Sissy sah zu ihrer Schwester, „wir sollten nach Hause gehen. Ich bin nur in den Laden gekommen, weil Sister dachte, sie hätte das Bügeleisen eingeschaltet gelassen."

„Ich Dummchen." Sister verdrehte die Augen. „Natürlich hatte ich das nicht, aber ich hätte heute Nacht kein Auge zugetan, wenn ich nicht nachgesehen hätte."

Sissy nickte. „Halt uns auf dem Laufenden, Jamie."

„Werde ich." Er winkte den beiden Frauen zu, als sie die Straße hinauf zu ihrem Haus watschelten.

„Du ziehst in die Stadt?", wiederholte Ian.

Jamison neigte den Kopf in Richtung des Gebäudes hinter ihnen. „Wenn wir den alten Thomas dazu bringen, dieses Gebäude zu verkaufen."

„Was in Gottes …" D.J. stieg aus seinem Polizeiauto. „Ich dachte mir doch, dass du das bist. Was machst du in der Stadt und erwartet dich Tante Eileen?"

„Ich sehe mich um, und nein, ich dachte, ich überrasche sie."

„Das wirst du. Sie wird sich freuen, dass du hier bist", D.J. lächelte, „aber sie wird es nicht mögen, keinen besonderen Leckerbissen für dich vorbereitet zu haben.“

Jamies Grinsen passte sich dem von D.J. an. „Vielleicht muss ich länger bleiben, damit sie etwas backen kann.“

„Mach das.“ D.J. hob sein Kinn und deutete auf seinen Cousin. „Also, was genau siehst du dir an? Du warst ja erst eine Million Mal in der Stadt.“

„Dieses Gebäude.“ Jamie warf seinen Daumen über die Schulter. „Ich treffe mich morgen früh mit dem alten Thomas.

„Weswegen?“ D.J. fragte, was Ian dachte.

Das Lächeln auf Jamies Gesicht wurde unglaublich breit. „Ich wollte vorher nichts sagen, und das muss noch unter uns bleiben, aber wenn der Preis stimmt, wird es bald eine neue Kneipe in der Stadt geben.“

„Du …“ D.J. pfiff laut. „Mabel hatte recht.“

„Recht?“, fragte Jamie.

„Dass es einen Bürgerentscheid geben soll, um Schanklizenzen in Tuckers Bluff auszugeben.“

Jamie nickte. „Yep. Im ganzen County herrscht Umschwung und Tuckers Bluff ist mittendrin.“

„Aber eine Kneipe?“, fragte Ian. „Glaubst du wirklich, diese Stadt ist groß genug, dass das rentabel ist?“

„Die Stadt vielleicht nicht, aber das County. Die Leute müssen dann nicht den ganzen Weg nach Butler Springs fahren, um sich am Samstagabend zu verabreden oder am Freitagabend etwas zu tanzen.“

„Gut“, D.J. zuckte mit den Schultern, „das trifft vielleicht für Freitag und Samstag zu, aber was machst du den Rest der Woche?“

„Ich öffne nur von Donnerstag bis Sonntag.“

Ian zog eine Augenbraue nach oben. „Vier-Tage-Woche?“

„Demografische Studien sagen, dass es klappen

kann. Und ich werde dafür sorgen, dass es funktioniert." Jamie warf seinem Bruder den gleichen zuversichtlichen Blick zu, den er ihrem Vater zugeworfen hatte, als er verkündete, dass er genug vom College hatte und seinen eigenen Weg finden musste.

Ian wusste, dass sein Bruder sich gut geschlagen hatte, war sich aber nicht bewusst, dass er das so gut gemacht hatte. „Woher hast du genug Geld, um ein Gebäude zu kaufen?"

„Es wird eine Partnerschaft." Für einen flüchtigen Moment schien das Licht in Jamies Augen zu verblassen, bevor die Begeisterung wieder überhandnahm. Jamie sah von D.J. zu Ian und hielt inne. „Apropos unerwartete Begegnungen, ich bin nicht überrascht, D.J. hier in der Stadt zu treffen, aber was machst du hier?"

„Ja", D.J. grinste wie ein Hund, der eine Katze mit einem Kanarienvogel gefangen hatte. „Was hat dich in die Stadt geführt?"

„Mich?", wiederholte Ian unschuldig.

„Na los", schmeichelte D.J., „sag's ihm."

Weil ich nicht länger warten wollte, bis ich Kelly wiedersehe schien nicht die klügste Antwort zu sein, die er geben konnte – selbst wenn es die Wahrheit war –, weswegen sich Ian für die Ausrede entschied. „Ich habe ein paar Reste von Tante Eileen in die Stadt gebracht."

Jamies Augenbrauen schossen nach oben und D.J. kicherte.

„Ja, wir dachten alle, dass er sich ein bisschen zu schnell freiwillig gemeldet hat." D.J. blickte Ian an. „Sag ihm, für wen die Reste waren."

Diesmal hellte sich Jamies Gesicht auf. „Sag mir, dass ein Mädchen im Spiel ist?"

„Ja, Cousin", neckte D.J.. „Sag es ihm."

Dass er seine Gedanken an Kelly geheim gehalten

hatte, war offensichtlich ein Irrglaube gewesen. „Hast du keine neuen Informationen über die Viehdiebe, die du uns geben kannst?"

„Nein. Ich habe noch nichts vom Sheriff gehört." D.J. wandte sich an Jamie: „Es ist Kelly Morgan."

Jamie blinzelte nachdenklich. „Grace' Freundin? Die pummelige, die für Adam arbeitet?"

„Sie ist nicht pummelig", schoss Ian sofort zurück.

Jamies Brauen schossen erneut hoch auf seine Stirn. „Wirklich?"

„Ja", sagte Ian eindringlicher. „Wirklich." Er war der erste, der zugeben würde, dass sie als kleines Kind tatsächlich ein bisschen pummelig gewesen war, aber jetzt gab es nichts an Kelly, das man als pummelig bezeichnen könnte. Worte wie üppig und wohlgeformt kamen ihm eher in den Sinn. Er hatte ihr gesagt, dass sie schön war, und nicht nur, weil er wegen der dummen Kommentare dieses Idioten von Ex nett sein wollte. Er hatte jedes Wort ernst gemeint, das er zu ihr gesagt hatte.

„Ich habe es dir doch gesagt." D.J. verschränkte die Arme und grinste in Jamies Richtung.

„Hol mich der ..." Jamie schüttelte den Kopf. „Sieht so aus, als wäre ich nicht der Einzige, der ein paar Überraschungen im Ärmel hat."

„Wovon zum Teufel redest du?", fauchte Ian, immer noch verärgert darüber, wie sein Bruder Kelly beschrieben hatte. Die Menschen waren mehr als ihr Gewicht.

„Du, mein lieber Bruder, bist verknallt."

Ian wusste nicht, welches Thema er zuerst ansprechen sollte, die Tatsache, dass in ihrem Alter niemand mehr Worte wie verknallt benutzte, oder die Tatsache, dass sein Bruder völlig verrückt sein musste, wenn er dachte, dass eine Stunde in die Stadt zu fahren, um Reste auszuliefern, mehr bedeutete, als einer netten Frau einfach ein guter Nachbar zu sein. Das einzige

Problem dabei war, dass er besser als jeder andere wusste, dass er mehr als nur verknallt in Kelly war. Was er nicht wusste, war, was zum Teufel er deswegen unternehmen sollte?

Kelly starrte auf das Brandzeichen der Farradays. Sie wusste verdammt gut, dass kein Farraday ihrem Großvater eine kranke Kuh zur Pflege anvertrauen würde. Ihre Gedanken schossen sofort zurück zu den Gesprächen über Viehdiebe. Was sie jedoch nicht verstand, war, warum ihr Großvater einem Viehdieb helfen würde. Es sei denn, Pops wusste nicht, dass sein Freund Rinder stahl. Aber wen könnte Pops kennen, der so etwas tun würde?

„Pops, ich weiß nicht, wer dein Freund ist oder was er dir erzählt hat, aber das ist ein gestohlenes Kalb, und wir müssen es zu seinen rechtmäßigen Besitzern zurückbringen."

„Ich glaube nicht, dass das eine gute Idee ist." Der ältere Mann schüttelte den Kopf.

„Ich weiß, dass du diese Person für einen Freund hältst, und ich bewundere deine Loyalität ihm gegenüber, aber wir können einem Verbrecher nicht Beihilfe leisten, oder wie auch immer man es nennt, wenn man hilft, gestohlene Waren zu verstecken." Ganz zu schweigen davon, dass das Innere ihrer Garage ohne Stroh für den Boden oder Heu und Wasser kein passender Ort für das Tier war.

Onkel Ralph kam durch die Tür gelaufen, warf einen Blick auf die Kuh, seinen Bruder und Kellys Hand in der Nähe des Farraday-Brandzeichens, bevor sich seine Augen wie ein Paar Vollmonde weiteten, und er murmelte: „Oh, oh."

Aus den Augenwinkeln bemerkte sie, wie ihr Großvater einen halben Schritt zurücktrat und ihrem Onkel gegenüber heftig den Kopf schüttelte. Bevor sie fragen konnte, was los war, strich ihr Onkel mit der Hand über seinen Nacken. „Nun, ich schätze, das Spiel ist aus."

Pops' Augen wurden doppelt so groß wie normal. „Ralph, geh zurück ins Haus."

„Warum? Sie wird uns bestimmt nicht ausliefern", sagte Onkel Ralph. „Die Idee war eigentlich gut."

„Ralf." Pops trat vor und schubste seinen Bruder zur Tür. „Geh und lass mich und Kelly alleine reden."

Mit dem Rücken zu Kelly schlenderte Onkel Ralph weiter und redete über seine Schulter immer noch mit ihrem Großvater. „Stell sicher, dass du ihr erklärst, dass wir dachten, wir würden ihnen ein besseres Leben geben."

Es dauerte ein paar Sekunden, bis sie das Wort *wir* registriert und verarbeitet hatte. Nicht er oder sie, sondern wir, wie in Ralph und Herbert. „Ihr habt die Kühe gestohlen?"

Pops und Onkel Ralph blieben abrupt stehen, beide sahen so zerknirscht aus, dass sie sofort jede Hoffnung aufgab, etwas anderes gesagt zu bekommen. „Ihr habt die Kühe gestohlen", murmelte sie erneut, nur dass es dieses Mal keine Frage war. Ihre Gedanken wanderten von den beiden Männern, die sie in Erwartung ihrer nächsten Worte anstarrten, zu der kränklichen Kuh, dann zu dem Golfmobil, das ihr in ihrer Garage genauso fehl am Platz vorkam wie die Kuh, und schließlich zu dem Mann, der gerade ihre Küche verlassen hatte. Ihr Kopf begann sich zu drehen. Der Unterschied zwischen richtig und falsch war ihr schon eingetrichtert worden, bevor sie sprechen konnte. Sie wusste, was das Richtige war. Was sie nicht wusste, war, wie sie ihren eigenen Großvaters der Polizei melden sollte?

KAPITEL SECHZEHN

„Ach übrigens", D.J. ließ seine verschränkten Arme zur Seite sinken und sein neckender Gesichtsausdruck wich einem ernsteren Gesicht, „Esther hat vor kurzem einen interessanten Anruf gemeldet. Ich war gerade auf dem Weg, um mir das anzusehen. Da du hier bist, möchtest du vielleicht mitkommen."

„Geht es um die Viehdiebstähle?", fragte Ian.

„Nun, das muss noch geklärt werden. Edna Perkins hat angerufen, weil sie ein Golfmobil gesehen hat, an dem eine Kuh hing."

„Ein Golfmobil?" Ian hatte in seiner Branche viele seltsame Dinge gehört und wollte nichts ausschließen, bis er alles vollständig untersucht hatte, aber er musste zugeben, dass ein Golfmobil und eine Kuh nicht nach einem Durchbruch in ihrem Fall klangen, eher wie schlechtes Sehvermögen.

„Miss Edna geht auf die fünfundneunzig zu und ist dafür bekannt, dass sie von Zeit zu Zeit etwas verwirrt ist, aber für ihr Alters ist sie normalerweise sehr scharfsinnig."

„Ein Golfmobil und eine Kuh", wiederholte Ian mit einem Hauch von Ungläubigkeit in der Stimme.

D.J. stieß einen kleinen Seufzer aus und nickte. „Ich weiß, aber ich muss das überprüfen. Willst du mitkommen?"

Etwas über ein Golfmobil machte Ian nachdenklich. „Wo wohnt diese Edna Perkins?“

„Direkt am südlichen Ende der Stadt. Die Häuser sind da draußen ziemlich verstreut. Große Grundstücke –“

„In der Nähe von Kellys Familie?“

„Etwas weiter draußen. Fast beim alten Golfclub.“

Als Ian vorhin vor Kellys Haus gefahren war, hatte er geglaubt, Tumult im Hof gehört zu haben. Instinktiv hatte er die Auffahrt hinaufgeblickt und geglaubt, jemanden bemerkt zu haben, der ein kleineres Fahrzeug in die freistehende Garage zog. Bei der Größe der Grundstücke war ein Rasenmähertraktor keine Seltenheit. Er hatte das Gefährt als genau das abgetan. Aber jetzt, wo er ein wenig genauer darüber nachdachte, hatte das Ding irgendeine Art Sonnenschutz. Außerdem erinnerte er sich, dass es farbig war. „Welche Farbe hatte der Wagen?“

„Rot und weiß. Die Farben des alten Golfclubs“, antwortete D.J.. „Warum?“

Als er bei ihr zu Hause angekommen war, hatte er sich so darauf gefreut, Kelly zu sehen, dass er nichts anderem besondere Aufmerksamkeit geschenkt hatte. Aber jetzt, wo sich die Szene in seinem Kopf erneut abspielte, fielen ihm weitere Details ein. Kelly hatte ein bisschen nervös gewirkt, vielleicht ein bisschen mehr als jemand, der unerwartete Gesellschaft erhielt. Ihr Onkel und ihr Großvater waren mit relativ viel Schlamm und Dreck bedeckt gewesen. Dreck, der mehr an zwei Männer erinnerte, die von einem harten Tag auf der Ranch nach Hause kamen, anstatt vom Gärtnern im Hinterhof. „Ja, ich glaube, ich möchte hören, was Miss Edna zu sagen hat.“

Ian folgte D.J. und jonglierte in seinem Hinterkopf mit den Puzzleteilen. Nichts ergab einen Sinn. Er wollte glauben, dass Mrs. Perkins eine senile alte Frau mit einer lebhaften Fantasie war. Zwanzig Minuten später sagte ihm sein Cop-Instinkt, dass diese Frau genau das gesehen hatte, was sie gemeldet hatte. Ein Golfmobil, das mit einer Kuh im Schlepptau an ihrem Grundstück vorbeifuhr. Sie war sich nicht sicher, ob nur ein oder zwei Personen in dem Wagen saßen. Er war ein gutes Stück von ihrem Zuhause entfernt gewesen, aber trotzdem nahe genug, dass sie sich zumindest über das Golfmobil und die Kuh sicher war.

Da all dies Kelly und ihren Großvater betraf, verzichtete Ian darauf, D.J. von den Gedanken bezüglich Möglichkeiten und Wahrscheinlichkeiten zu erzählen, die in seinem Kopf herumschwirrten. Vor allem, weil er nicht glauben wollte, dass Kelly und ihre Familie etwas mit Viehdiebstahl zu tun haben könnten. Sie waren gute Leute. Eine Familie, die er und seine Verwandten schon fast ihr ganzes Leben lang kannten. Keine Viehdiebe. Keine Diebe. Kellys Vater war ein beliebter High School-Trainer gewesen. Eine heilige Institution in Texas. Es musste eine andere Erklärung geben. Nur hoffte und betete er mit jedem Block, den er passierte und mit dem er sich Kellys Haus näherte, in der Garage nur einen geparkten Rasenmäher vorzufinden. Alles andere wäre ein Albtraum.

Ian parkte direkt hinter ihrem Haus und ging den Bürgersteig entlang, wobei er bei dem Gewirr aus Stimmen, das von der Garage die Auffahrt herunterdrang, langsamer wurde. Als Freund der Familie war es normal, sich auf der Suche nach Kelly auf ein Privatgrundstück zu begeben. Und als Justizbeamter tat er dies in der Annahme, einer möglichen Spur zu folgen. Er bevorzugte den ersten Grund. Langsam ging er die Einfahrt hinauf, wodurch die Stimmen lauter und die Unterhaltung klarer wurde. Endlich nahe genug, um die Verzweiflung in Kellys Stimme zu hören, erkannte Ian, dass sowohl er als auch Kelly die Puzzleteile der hässlichen Wahrheit zusammenfügten. Er holte tief

Luft und musste eine Entscheidung treffen, und zwar schnell. Durch die Tür zu treten und sich als Gesetzeshüter bemerkbar machen, oder umdrehen und weggehen.

„Pops." Kelly konnte kein Wort von dem glauben, was sie hörte. Nicht, dass sie nicht glaubte, dass ihr Großvater ihr die Wahrheit sagte, sie konnte einfach nicht glauben, dass das wirklich passierte. Ihr süßer, liebevoller und offensichtlich verwirrter Großvater stahl Kühe. „Lass mich sehen, ob ich das richtig verstehe." Sie sprach die Worte sehr deutlich aus. Nicht, damit ihr Großvater es verstehen konnte, sondern damit sie selbst es vielleicht verstehen würde. „Du wolltest die Kühe retten?"

Ihr Großvater lächelte. „Siehst du. Jetzt verstehst du es."

„Nein, Pops, tue ich nicht." Sie hob die Arme, ließ sie wieder sinken, öffnete den Mund, schloss ihn wieder, atmete aus, saugte noch mehr Luft ein, alles auf der Suche nach den richtigen Worten. „Ich weiß, dass du kein Fleisch mehr isst. Du hast einen Film über unsere Ernährung und den Umgang mit Tieren gesehen und dich entschieden, keine tierischen Produkte mehr zu essen. Auch wenn wir mitten in der Heimat der Viehzucht leben, habe ich diesen Teil verstanden."

„Was gibt es sonst noch zu verstehen?" Ihr Großvater sah sie wie ein kleines Kind an, das versuchte zu erklären, wie es diese unvollkommene Welt wahrnahm.

„Was ich nicht verstehe, ist, wie der Diebstahl von …", sie hielt inne und rechnete, „wie viele Kühe sind es eigentlich?"

„Mal sehen." Ihr Großvater und Onkel Ralph

blickten zum Himmel, als ob sie dort die Rinder zählen könnten. „Wir wollten keinen der Rancher zu hart treffen."

„Und", fügte ihr Onkel hinzu, „wir mussten herausfinden, wo wir die Kühe halten sollten."

„Auf dem verlassenen Golfplatz?", warf Kelly ein.

Ihr Onkel grinste, offensichtlich aus Stolz über ihr Verständnis. „Das ist richtig. Viel Gras, von dem sie sich ernähren konnten. Und das verlassene Clubhaus, in dem wir Stroh ausgebreitet haben, war perfekt für alle Rinder, die vor dem Wetter geschützt werden mussten. Aber wir wussten noch nicht, wohin wir die Kühe bringen sollten, um sie vor dem Schlachten zu retten."

„Und das hat uns ein wenig in Schwierigkeiten gebracht. Es scheint, dass es keine Tierauffangstationen für Kühe gibt. Alle wollen nur pensionierte Zirkuselefanten, alte Katzen aus Zoos oder illegal ins Land geschmuggelte Tiere retten, aber keine Kühe."

Kelly hatte keine Ahnung, was sie sagen sollte. Natürlich gab es keine Auffangstationen für Kühe. Sie galten in den Vereinigten Staaten als Grundnahrungsmittel, nicht als exotische Tiere. Abgesehen von ein oder zwei Kälbern im Streichelzoo hatten Rinder keinen Unterhaltungswert. Selbst bei Tiermessen endeten, abgesehen von den wenigen Zuchtbullen, die meisten Rinder auf dem Fleischmarkt. „Pops." Sie versuchte, nicht zu verzweifelt zu klingen. „Über. Wie. Viele. Kühe. Sprechen. Wir?"

„Zwanzig?"

Onkel Ralph schüttelte den Kopf. „Ich glaube, wir sind bei zweiundzwanzig, vielleicht dreiundzwanzig."

„Irgendwo um den Dreh." Ihr Großvater nickte.

Zweiundzwanzig Kühe. Vielleicht dreiundzwanzig? Kelly war kurz davor, ohnmächtig zu werden. Bei offener Küchentür konnte sie, selbst von der Garage aus, die Türklingel hören. Besuch war nicht das, was sie gerade brauchte. Sie setzte ein so ruhiges Gesicht auf wie möglich, und deutete mit einem Arm von ihrem Pops zu der Kuh. „Lasst uns alle Türen schließen, bevor jemand diesen Kerl hier sieht. Wir müssen Adam und D.J. anrufen und ihnen alles erzählen – und ich meine alles –, sobald ich denjenigen los bin, der vor der Haustür steht."

Keiner der alten Männer wagte es, ein Wort zu sagen. Einen Augenblick lang setzte ihr Großvater einen finsteren Blick auf und eine Sekunde lang glaubte sie zu sehen, wie sich seine Lippen verzogen und sein Mund sich öffnete, um zu widersprechen. Stattdessen nickte er, schloss die Türen hinter sich und folgte ihr ins Haus.

Durch das kleine Glasfenster in der Tür konnte sie Ians Gesichtszüge erkennen. Ihn auf der anderen Seite der Tür zu sehen, ließ ihr Herz einen kleinen Salto machen, was ihre Stimmung sofort hob, bis ihr klar wurde, dass sie ihm dieses ganze Durcheinander ebenfalls erklären musste. Dass ihr Großvater beinahe das Altersheim und danach fast ihr eigenes Haus niedergebrannt hätte, war nichts im Vergleich zu dieser neuen Katastrophe. Vieh zu stehlen war eine Straftat, die ihren Großvater für die verbleibende Zeit seines Lebens ins Gefängnis bringen könnte.

Ians Finger war bereit, erneut die Klingel zu betätigen, als sie die Tür aufstieß.

„Hallo." Sie tat ihr Bestes, sich nichts anmerken zu lassen und lächelte, als sie ihn hereinwinkte, aber die Gedanken an ihre wenigen Stunden hinter Gittern und daran, dass ihr Großvater ins Gefängnis gehen könnte, ließen sie fast in Tränen ausbrechen.

„Hey." Er trat ins Haus und blieb nur wenige Zentimeter vor ihr stehen. „Wieso das traurige Gesicht?"

Sie schloss ihre Augen, holte tief Luft und blinzelte

die drohenden Tränen weg. „Es ist schrecklich, Ian. Pops steckt in Schwierigkeiten."

Starke Hände schlängelten sich um ihre Taille und zogen sie an sich. „Warum sagst du mir nicht, was los ist?"

Instinktiv schmiegte sie sich an seine Schulter. Sie schloss die Augen, weigerte sich zu weinen und nährte sich stattdessen von seiner Kraft. Es musste einen Weg geben, das in Ordnung zu bringen. Und wenn irgendjemand Antworten für sie hätte, dann Ian. Sie musste ihm vertrauen. Wusste, dass sie ihm vertrauen konnte. „Es ist ein heilloses Chaos."

Sanft streichelte er ihren Rücken in langsamen, beruhigenden Kreisen, während seine Stimme an ihrem Ohr brummte. „Wie wäre es, wenn du einfach ganz am Anfang beginnst?"

Mit einem Nicken schlüpfte sie widerwillig aus der Sicherheit seiner Arme, aber da sie die Verbindung brauchte, hielt sie ihre Finger locker mit seinen verschlungen. Sie ging zum Sofa, setzte sich neben ihn und tat ihr Bestes, um es ihm zu erklären, während ihr Großvater und ihr Onkel auf ihren Plätzen hin und her rutschten wie kleine Jungs, die ins Büro des Direktors gerufen wurden. Ihre Worte sprudelten wie Wasser aus einer abschüssigen Quelle, als sie ihm alles darlegte, was sie verstand und nicht verstand. Gelegentlich fügten ihr Großvater oder Onkel hier oder da ein Wort hinzu. Manchmal half dies, aber manchmal trug es nur zur Verwirrung bei. Ian hörte geduldig zu und bestärkte sie gelegentlich mit einem Händedruck.

Während der ganzen verworrenen Geschichte, behielt Kelly einen hoffnungsvollen Blick auf Ian gerichtet. „Bitte sag mir, dass es einen Ausweg aus diesem Schlamassel gibt?"

Ians Schultern versteiften sich leicht, aber das reichte, um ihr zu sagen, dass er keine einfache

Antwort hatte. „Eins nach dem anderen. Wir müssen sowohl Adam als auch D.J. anrufen, aber zuerst möchte ich, dass ihr mich dorthin bringt, wo ihr das Vieh haltet." Er drückte ihre Hand noch einmal. „Und wenn wir Glück haben, fällt mir ein brillanter Plan ein, bis wir dort sind."

Trotz des misstrauischen Blicks, den ihr Großvater in ihre Richtung warf, nickte Kelly. Brillant war nicht wichtig; irgendein Plan würde ihr gerade genügen.

KAPITEL SIEBZEHN

Obwohl er es gehofft und dafür gebetet hatte, realisierte Ian erst nachdem er bei Kelly geklingelt hatte, wie sehr er sich doch gewünscht hatte, einen Rasenmähertraktor in ihrer Garage zu finden. Er hatte auch nicht gewusst, wie sehr er sich wünschte, ein gewöhnlicher Bürger anstatt Justizbeamter zu sein, bis Kelly sich völlig aufgelöst an ihn lehnte. Er hatte keine Ahnung, wie er ihren Großvater retten sollte.

Zwar wusste er, dass sein Onkel Sean keine Anklage gegen einen so alten Mann erheben würde, besonders nicht gegen einen, der eindeutig nicht aus Bosheit, sondern aus verwirrter Senilität heraus gehandelt hatte. Es gab definitiv noch ein oder zwei andere Rancher, von denen Ian wusste, dass sie wie sein Onkel handeln und keine Anklage erheben würden, aber er hatte keine Ahnung, wie die restlichen Rancher über die Situation denken würden. Er konnte nur hoffen, dass die Rückgabe des Viehs ein möglicher erster Schritt sein würde, um so unbeschadet wie möglich aus diesem Schlamassel herauszukommen.

„Wir fangen besser mit Onkel Sean an. Wir müssen die Rinder identifizieren und sehen, was wir tun können, um sie ihren rechtmäßigen Besitzern zurückzugeben."

Kellys Gesicht hellte sich auf. „Vielleicht müssen wir das nicht zu einer polizeilichen Angelegenheit machen, wenn wir sie zurückgeben?"

„Es tut mir leid." Ian schüttelte den Kopf. „Ich habe keine Wahl. Ich muss D.J. involvieren. Es ist seine Stadt und ich habe einen Eid geschworen." Das Licht in ihren Augen wurde schwächer und er hob seine Hand. „Aber das heißt nicht, dass wir nicht ein bisschen verhandeln können."

Es dauerte nur wenige Minuten, alle in seinen Truck zu laden und zum alten Golfplatz zu fahren. Es überraschte ihn tatsächlich, dass niemand in der Stadt die gepflegten Rasenflächen in letzter Zeit bemerkt hatte. Er fuhr auf den Parkplatz in der Nähe des alten Clubhauses und suchte in der Ferne nach jungen Kühen. Türen öffneten sich, Stiefelabsätze landeten auf dem Boden. Als Ian um die Motorhaube des Lastwagens herumging, blickte er zu Kellys Großvater. „Du hast diese zwanzig Kühe wirklich gut versteckt."

„Vielleicht." Kellys Großvater runzelte die Stirn und stapfte zur Rückseite des Gebäudes, bevor er sich umdrehte und seinen Bruder ansah. „Hast du sie reingebracht?"

Onkel Ralph starrte mit schlaffem Kiefer auf die leeren Grüns und schüttelte den Kopf. „Hast du das nicht?"

Nichts an diesem Gespräch machte Ian glücklich. „Wollt ihr damit sagen, dass ihr die Kühe verloren habt?"

„Vielleicht sind sie einfach herumgewandert?", warf Kelly ein.

Kopfschüttelnd vertieften sich die Falten auf der Stirn ihres Großvaters. „Der größte Teil des Grundstücks ist durch Elektrozäune geschützt, damit keine streunenden Rinder und andere Tiere hereinspazieren und das Gelände ruinieren. Wir haben einfach das System eingeschaltet und es verwendet, um sie daran zu hindern, auszubrechen."

„Gott, ich brauche eine Zigarette." Onkel Ralph verdrehte die Augen gen Himmel.

Kellys Großvater winkte seinem Bruder zu. „Fang jetzt nur nicht wieder damit an. Du weißt, was diese –"

„Pops!" Kelly unterbrach die beiden Männer, bevor sie eine Diskussion über die Vor- und Nachteile von Zigaretten beginnen konnten. „Wo sind die Kühe?"

Kellys Großvater starrte seinen Bruder an und schüttelte den Kopf.

Das sah nicht gut aus. „Gentlemen", fragte Ian, „wollt ihr mir sagen, dass ihr nicht wisst, wo die Kühe geblieben sind?"

„Oh, ich weiß es schon." Kellys Großvater wirbelte herum und stürmte zur Vorderseite des Gebäudes davon. „Es war dieser Buford."

Onkel Ralph schnippte mit den Fingern. „Natürlich."

„Natürlich was?" Ian beschleunigte seinen Schritt, um die älteren Männer einzuholen. „Und wer ist Buford?"

„Dieser unnütze, magere, faule, hinterhältige Beaumont. Er und seine Brüder haben in ihrem Leben noch nie auch nur einen ehrlichen Dollar verdient."

Ian hatte noch nie von der Familie Beaumont gehört. Er wandte sich an Kelly und suchte nach Antworten.

Anscheinend waren sie gut darin geworden, einander zu lesen, da sie seine stumme Frage schnell beantwortete. „Die Beaumonts wohnen gleich hinter der Grenze im nächsten County. Man trifft sie selten. Keiner der Jungen ging zur Schule. Der Rektor und die Lehrer versuchten, ihre Eltern zur Vernunft zu bringen, aber beide haben keine Ausbildung und sehen auch keine Notwendigkeit, dass ihre Söhne eine bekommen. Sie leben in einer alten Hütte, die schon seit Generationen in ihrer Familie ist. Niemand weiß genau, wie sie ihren Lebensunterhalt verdienen.“

„Doch, wir wissen es“, beharrte ihr Großvater. „Das sind diebische Halunken.“

Ian wandte sich an Pops. „Hast du einen andern Anlass zu glauben, dass sie eure Kühe haben, außer dass sind diebische Halunken sind?“

Der alte Mann wurde am Truck langsamer und drehte sich um, um Ian zuzunicken. „Neulich sah ich Buford rauchend wie ein Schlot auf der anderen Seite der Weggabelung in die Stadt herumstehen. Einfach nur herumstehen. Er sagte, er warte darauf, dass sein Bruder ihn abholt. Ralph und ich fuhren weiter und ich sah, wie zwei dieser großen Sattelschlepper vorbeifuhren, und er in einen einstieg. Ich habe mich gefragt, woher sie das Geld haben, um sich nicht nur einen, sondern gleich zwei dieser Dinger zu leisten.“

Ian begann zu glauben, dass er die Antwort darauf haben könnte. „Sag mal“, fragte er Onkel Ralph, „hast du viel geraucht, während du die Farraday-Herde beobachtet hast?“

„Ich komme selten dazu, mir eine Zigarette zu gönnen, wenn Mr. Rette-die-Umwelt in der Nähe ist. Außerdem haben wir nie viel Zeit damit verbracht, eine der Herden zu beobachten.“

„Noch eine Frage. Habt ihr die Zaundrähte bei den Farradays gelockert?“

Sowohl Onkel Ralph als auch Kellys Großvater bewegten ihre Köpfe von einer Seite zur anderen.

In Ians Kopf schrillten die Alarmglocken mit voller Lautstärke. Puzzleteile fügten sich schnell zusammen. Auf der kurzen Fahrt von Kelly zum Golfclub hatte er seinen Onkel angerufen, der höchstwahrscheinlich bereits auf dem Weg war, um das jetzt nicht mehr vorhandene Vieh abzutransportieren. Er zückte sein Handy, wischte über den Bildschirm und wählte zuerst die Nummer seines Cousins.

„Ich hatte nicht erwartet, so bald von dir zu hören. Brauchst du Dating-Tipps?", neckte D.J..

„Ich habe nicht die Zeit, dich daran zu erinnern, dass ich derjenige war, der dir gesagt hat, du sollst bezüglich deiner Frau die Augen aufmachen. Wir haben gerade ein größeres Problem. Hast du den Namen des Typen herausgefunden, den sie im nächsten County aufgegriffen haben?"

„Um genau zu sein, seine Fingerabdrücke sind gerade zurückgekommen –"

„Ein Beaumont?"

„Ja. Woher weißt du das?"

„Buford ist Kettenraucher. Ich glaube, er ist derjenige, der eure Weiden überwacht hat."

„Scheiße", murmelte D.J..

„Ja. Und ich wette um jeden Geldbetrag, dass sie sich gerade mit dem Vieh, das hier auf dem Golfplatz versteckt war, aus dem Staub gemacht haben –"

„Was?"

„Du hast mich verstanden. Die Rinder hier sind weg. Alle. Und ich verwette mein Abzeichen darauf, dass die Beaumonts dahinterstecken. Mit zwei Lastwagen haben sie Platz für viel mehr als nur zwanzig Kälber, und die Ranch, die dem Golfplatz am nächsten liegt, ist –"

„Unsere", murmelte D.J..

„Genau. Um wie viel willst du wetten, dass das bedeutete –"

„Wir sind die nächsten." D.J. seufzte. „Ich rufe jetzt Dad an. Du wirst vor mir da sein. Mach nichts Dummes."

Ian hätte beinahe gelacht. Wer im Glashaus sitzt, sollte nicht mit Steinen werfen. Wenn es darum ging, Risiken einzugehen, war D.J. ganz vorne mit dabei. „Derjenigen, der du das sagen musst, ist –"

„Tante Eileen", sagten sie beide wie im Chor.

„Wenn du mich fragst, hat Ian sich viel zu schnell freiwillig gemeldet, um nur aus guter Nachbarschaft den ganzen Weg in die Stadt zu fahren." Catherine Farraday blickte von dem Tierpuzzle auf, bei dem sie ihrer Tochter half.

Eileen fuhr fort, die geraden Randstücke auszusortieren. „Das habe ich auch gesagt. Adam, Brooks und D.J. hätten auf dem Heimweg sicherlich gerne die Reste für Kelly mitgenommen."

Allison wiegte Brittany in den Schlaf, blickte über Tante Eileens Schulter und deutete auf ein gerades Teil, das sie übersehen hatte. „Es ist dieses Hundeding."

„Du meinst Welpending", kicherte Catherine.

„Welpe, Hund, was auch immer. Ich war noch nie sehr abergläubisch, aber ich sage euch, dass diese Hunde immer wieder in den seltsamsten Situationen auftauchen, ist einer Twilight Zone-Episode würdig."

„Ich würde gerne wissen, ob Kelly genauso glücklich war, Ian zu sehen, wie er es war, zu ihr zu fahren." Eileen reichte Stacey ein weiteres Randstück, das sie und ihre Mutter zusammenfügen konnten. Eileen liebte es, wieder kleine Kinder im Haus zu haben. Sie würde es vermissen, die kleine Brittany in der Nähe zu haben, sobald Ethans und Allisons Haus in der Nähe des neuen Krankenhauses fertiggestellt war. Nicht, dass sie damit rechnete, dass dies, bei all den Bauproblemen, auf die sie gestoßen waren, in absehbarer Zeit passieren würde. Ein paarmal war Sean kurz davor gewesen, seinen Cousin Patrick anzurufen, um zu sehen, ob er eine seiner Crews aus Oklahoma schicken könnte, aber jedes Mal hatte sich die örtliche Baufirma rechtzeitig wieder zusammengerissen – bis zum nächsten Missgeschick.

„Denkst du, das bedeutet, dass Ian sich näher an Tuckers Bluff stationieren lassen wird, oder dass wir Kelly verlieren werden?", fragte Catherine.

Eileen richtete sich auf. Daran hatte sie nicht gedacht. Ehrlich gesagt war es heute das erste Mal seit der Heimkehr aus Dallas, dass sie Ian und Kelly als dauerhafte Beziehung in Erwägung gezogen hatte. Ein Gedanke, den sie verworfen hatte, als sie an jenem Tag nirgendwo einen Hund gesehen hatte. Was sie natürlich noch herausfinden musste, war, wie es überhaupt dazu gekommen war, dass die beiden zusammen in einem Wagen fuhren. Nicht, dass es eine Rolle spielte. Das Schicksal und die Hunde hatten eine interessante Art, das Leben aller zu verändern.

Das alte Telefon an der Wand klingelte. Das kam nicht oft vor. Normalerweise kommunizierten alle über Handys.

Eileen stieß sich vom Tisch ab und griff nach dem avocadogrünen Telefon. „Hallo."

„Dein Handy geht direkt zur Voicemail", sagte Sean.

„Ich habe es vergessen. Es ist oben am Ladegerät."

„Wir haben ein Problem. Connor und ich kommen zurück zur Ranch. D.J. und Ian treffen uns dort.

„Was soll ich tun?"

„Bleib mit den Mädchen im Haus. Lass Catherine und Brittany nicht nach Hause gehen, bis wir sagen, dass die Luft rein ist. Wir könnten uns irren und vielleicht geht es um eine Weide, die nicht in der Nähe des Hauses liegt, aber wenn es um meine Familie geht, gehe ich kein Risiko ein."

„Ich kümmere mich hier um alles. Seid vorsichtig." Gerade war sie die einzige erfahrene Schützin der Familie, die zuhause war. Sie wusste nicht, was um alles in der Welt vor sich ging, aber sie wurde es langsam leid, ständig nach ihrem Gewehr greifen zu müssen.

KAPITEL ACHTZEHN

„**K**annst du nicht schneller fahren?“ Wenn sich Kellys Großvater noch weiter nach vorne beugte, würde er auf dem Armaturenbrett sitzen.

„Pops, Ian weiß, was er tut. Soll er anhalten und dich am Straßenrand aussetzen?“

Am liebsten hätte Ian sie alle zurückgelassen, aber an der Art und Weise, wie ihr Großvater sich aufführte, konnte er genau erkennen, dass sich der alte Mann und sein Bruder zwei Minuten, nachdem Ian aus der Auffahrt gefahren war, alleine an die Fersen von Buford Beaumont gehängt hätten. Woraufhin Kelly ihrem Großvater nachgelaufen wäre. Auf diese Weise konnte er zumindest alle vor Ärger bewahren.

Der alte Mann räusperte sich und lehnte sich in den Sitz zurück, während Kelly und ihr Onkel sich auf dem Rücksitz des geräumigen Pickups ruhig verhielten. Nach Ians Berechnungen sollte D.J. maximal zwanzig Minuten hinter ihm sein, wenn er von der anderen Seite der Stadt kam, und sein Onkel Sean müsste die Ranch direkt vor ihm erreichen. Genügend Zeit für Ian, seine Passagiere bei Tante Eileen am Haupthaus abzusetzen, und für Onkel Sean, den Anhänger abzustellen und ein paar Pferde für alle zu satteln.

Zu Pferd war es viel einfacher, sich an die Diebe heranzuschleichen. So verlockend es auch war, Verbrecher mit heulenden Sirenen zu verfolgen, eine stille Herangehensweise war in diesem Fall ihr Freund.

„Dort!", rief Kellys Großvater und deutete mit einem krummen Finger auf die Straße vor ihnen. „Das ist einer von diesen Trucks, in denen wir die Beaumonts gesehen haben."

Ian wurde langsamer und suchte die Umgebung nach dem zweiten Fahrzeug ab. Eine Staubwolke in der Ferne sagte ihm, dass sein Bauchgefühl ihn nicht getäuscht hatte. Da er weder abbiegen noch umkehren konnte, blieb ihm nichts anderes übrig, als an dem Lastwagen vorbeizufahren. „Duckt euch und bleibt unten, bis ich euch sage, dass ihr wieder hochkommen könnt."

„Wozu?" Pops wirbelte herum und sah ihn finster an, aber der Blick, den Ian ihm zuwarf, reichte aus, um den alten Mann zum Handeln zu bewegen.

Das Letzte, was Ian wollte, war, dass irgendjemand in dem großen Lastwagen seine Passagiere erkannte und misstrauisch wurde. Ein einzelner Fahrer, der von der Stadt nach Hause fuhr, würde beim Vorbeifahren vermutlich keine Alarmglocken läuten lassen. „Wir werden an dem Truck vorbeifahren, ganz entspannt, wie an einem gewöhnlichen Sonntagnachmittag."

Er konnte Kelly und ihren Onkel nicht sehen, aber ihr Großvater grummelte tief in seinem Sitz.

Über die Freisprecheinrichtung seines Handys rief Ian D.J. an. „Wann kommst du voraussichtliche an?"

„Noch dreißig Minuten bis zur Ranch. Wo bist du?"

„An der Abzweigung zur Südstraße. Eins unserer Ziele parkt an der Mündung der Straße, das andere fährt den Weg hinauf."

„Verdammt. Das ist ein bisschen näher, aber auch bis dahin brauche ich immer noch etwa zwanzig."

„Ich fahre gerade daran vorbei." Ian sah sich beiläufig das Führerhaus an. Nichts. „Da ist niemand auf dem Fahrersitz. Sie müssen alle los sein, um das Vieh aufzuladen.“

Kellys Großvater tauchte von seinem Platz auf. „Dann gibt es keinen Grund, dass ich mich weiter wie ein verängstigtes Kaninchen verstecke.“

„Ihr könnte alle hochkommen“, wies Ian seine Passagiere an, bevor er zu seinem Gespräch mit D.J. zurückkehrte. „Ohne zu wissen, wie viele es sind und ob oder wie gut sie bewaffnet sind, brauchen wir Verstärkung.“

„Laut dem letzten Rancher, den sie bestohlen haben, verfügen sie über eine ernstzunehmende Feuerkraft. Unternimm nichts, bis Reed oder ich da sind.“

„Was ist mit deinem Vater?“

„Ich werde ihn anrufen und ihm sagen, was los ist. Ich sage es nur ungern, aber er kann dich wahrscheinlich schneller erreichen als wir.“

„Verstanden.“ Ian beendete den Anruf und überlegte, was zum Teufel er als nächstes tun sollte. Vor allem mit den widerspenstigen Passagieren in seinem Wagen.

„Was jetzt?“ Kellys Stimme kam fast flüsternd heraus.

Wie sehr er sich wünschte, er wüsste es. Er musste herausfinden, womit sie es zu tun hatten, und dafür gab es nur einen Weg. „Hier ist der Plan.“ Er zeigte auf die beiden alten Männer. „Ich möchte nicht, dass die Ladung Kühe auf der Straße irgendwohin geht. Wir überprüfen, ob der Lastwagen unverschlossen ist. Wenn ja, schließt ihr euch im Führerhaus ein, bis D.J. mit Verstärkung eintrifft. Wenn es Anzeichen dafür gibt, dass die Viehdiebe zurückkommen, und nur wenn sie zurückkommen, bevor D.J. hier ist, startet ihr den Truck und fahrt davon. Könnt ihr das machen?“

Beide Männer nickten so begierig und entschlossen, als wäre es ihr Plan gewesen.

„Kelly, du bleibst hier im Pick-up. Beim ersten Anzeichen von Ärger, rufst du D.J. an und sagst ihm, was los ist." Ian griff nach dem Gewehr hinter seinem Sitz.

Kellys Hand landete auf seinem Arm. „Versprich mir, dass du vorsichtig bist?"

Das Gefühl ihrer Fingerspitzen auf seiner Haut ließ ihn innehalten. Ohne nachzudenken, beugte er sich vor und küsste sie innig. „Du auch." Er hatte einen Job zu erledigen, aber sobald diese Idioten in Gewahrsam genommen waren, würde er sich hinsetzen, um ein langes Gespräch mit Miss Morgan zu führen – und einen noch längeren Kuss mit ihr teilen.

Als er vom Wagen davoneilte, wagte er es nicht, über seine Schulter zurückzublicken. Es gefiel ihm kein bisschen, die drei aufpassen zu lassen. Viel lieber hätte er Zeit gehabt, Kelly und ihre Familie auf der Ranch abzusetzen, wo sie in Sicherheit wären. Schön wäre auch, wenn D.J. bereits näher bei den Viehdieben wäre. Aber wie seine Mutter immer sagte, wenn Wünsche Pferde wären, würden Bettler reiten. Er sprang über den Zaun und suchte die Gegend noch einmal ab. Die Augen nach vorne gerichtet, ging er dicht am Boden die Weide hinauf. Wann immer es möglich war, duckte er sich hinter einer grasenden Kuh. Glücklicherweise war der Lastwagen den Feldweg nicht allzu weit hinaufgefahren, bevor die Diebe angehalten hatten, um die tragbaren Geländer zu einem provisorischen Pferch für das Beladen zusammenzubauen. Von seinem Versteck aus zählte er drei Männer, aber keine Anzeichen auf die Feuerkraft, die D.J. erwähnt hatte.

Nachdem er nur ein paar Minuten lang beobachtet hatte, wie die Beaumont-Brüder übereinander stolperten und sich abmühten, die ausgewachsenen Rinder durch den provisorischen Pferch auf den Lastwagen zu treiben, fragte sich Ian, wie zum Teufel sie es geschafft hatten, die Wagenladung Vieh auf der letzten Ranch zu stehlen. Da ihm der Gedanke, die alten Männer im anderen Lastwagen und Kelly im Pick-up zurückgelassen zu haben, nicht gefiel, überlegte er auch, zur Hauptstraße zurückzukehren. Die Beaumonts würden auf keinen Fall mit dem Beladen fertig sein, bis D.J. mit Verstärkung eintraf.

Als einer der Beaumonts in einem Haufen Kuhmist ausrutschte und auf seinem Hintern landete, drehte Ian sich um und machte sich auf den Weg zurück zur Hauptstraße. Nur dass die Lastwagenladung Vieh, die er den alten Männern zur Beaufsichtigung überlassen hatte, jetzt mit eingeschalteten Scheinwerfern und voller Geschwindigkeit direkt auf die Viehdiebe zusteuerte und Staub aufwirbelte. Gefolgt von Kelly in seinem Pick-up. *Scheiße.*

Eine lausige Minute. Kelly war ausgestiegen und hatte sich neben den Pick-up gestellt, um Ian besser sehen zu können. Sie hatte ihrem Großvater und ihrem Onkel den Rücken zugekehrt, um sich nach anderen Anzeichen von Leben oder Problemen umzusehen, als sie hörte, wie der Motor des großen Trucks zum Leben erwachte. *Diese sturen alten Kauze.* Sie öffnete die Tür und kletterte so schnell sie konnte hinter das Lenkrad des Pick-ups, drehte den Zündschlüssel, sprach ein stilles Gebet zu jedem, der zuhörte, und gab Gummi.

Sie hatte keine Ahnung, was sie tun würde, wenn sie ihren Großvater einholte, aber ihm den Hals umzudrehen wäre eine gute erste Wahl. *Dieser Idiot.* Und diese armen Kühe, die auf einer unbefestigten Straße herumschaukelten, während ihr Großvater wie ein moderner seniler Lone Ranger angeritten kam.

Zusammen mit seinem Tonto.

Die schiere Größe des Trucks vor ihr und der Staub, der von seinen Reifen aufgewirbelt wurde, machten es ihr fast unmöglich zu sehen, was vor ihr passierte. Sie hörte das Knallen eines einzelnen Schusses und zum ersten Mal, seit sie in den Pick-up gestiegen war, wurde ihr klar, wie gefährlich dieses ganze Viehdiebstahl-Durcheinander wirklich war.

Mit quietschenden Reifen kam der große Lastwagen vor ihr zum Stehen. Ein weiterer Schuss wurde abgefeuert und ihr Herz blieb fast stehen. Die Fahrertür des Trucks flog auf, und ihr Großvater sprang mit einer riesigen Waffe herumfuchtelnd heraus und schrie etwas, das sich anhörte wie: „Seid vorsichtig mit den Kühen, ihr Trottel."

„Oh, Pops", murmelte sie leise, holte tief Luft und stieß gebeugt ihre Tür auf. „Pops, steig wieder in den Truck!"

Irgendwo in den Tiefen ihres Geistes wiederholten sich Ians Worte in Zeitlupe – *beim ersten Anzeichen von Ärger, rufst du D.J. an.* Sie war sich ziemlich sicher, dass Schüsse zu Ärger zählten. Sofort wählte sie den Notruf und wartete nicht darauf, dass Esther antwortete, bevor sie aus dem Truck kroch, um besser sehen zu können. Sie versteckte sich am hinteren Ende des mit Kühen beladenen Lastwagens und hörte Esthers Stimme aus ihrer Hand.

„Was ist Ihr Notfall?"

„Esther, hier ist Kelly", flüsterte sie gerade, als ein weiterer Schuss abgefeuert wurde. „Sag D.J., dass Ian in Schwierigkeiten steckt."

„Er ist fast da. Bist du an einem sicheren Ort?"

Sie blickte auf den Lastwagen, der ihr die Sicht auf die Menschen versperrte, die ihr auf dieser Welt am wichtigsten waren, und dachte, dass aktuell nur die Kühe sicherer waren. „Mir geht es gut, aber sag D.J., er soll sich beeilen.“

Sie steckte ihr Handy in ihre Gesäßtasche und reckte den Hals, um einen Blick darauf zu erhaschen, was vor sich ging.

Wenn Ian Herbert und Ralph mit bloßen Händen erwürgen könnte, würde er es tun. Sein Plan, die Viehdiebe ohne Widerstand festzunehmen, sobald D.J. und Reed eingetroffen waren, hatte sich in Rauch aufgelöst. Die Beaumonts ließen das Vieh zurück und wandten sich der Feuerkraft zu, vor der D.J. ihn gewarnt hatte. Das einzig Gute daran war, dass sie anscheinend genauso schlecht mit Gewehren wie mit Rindern waren.

Bisher hatte Kellys Großvater einem Bruder den Hut vom Kopf geschossen und einem anderen einen Viehtreiber aus den Händen. Ob das einfach nur das Glück der Dummen oder das Können eines Meister-schützen war, konnte Ian nicht sagen. Als Pops damit drohte, den Beaumonts das Fell zu gerben, falls auch nur eine einzige Kuh verletzt werden würde, hatte Ian die drei Brüder, die übereinander stolperten, als sie versuchten, Herberts und Ralphs Schüssen auszuwei-chen, unbemerkt mit gezogener Waffe umkreist.

Irgendwo hinter ihm brach ein Zweig und er erstarrte auf der Stelle, hoffend, dass das Geräusch nur durch ein entkommendes Rind verursacht worden war.

Das vertraute Klicken eines Revolvers, dessen Hahn gespannt wurde, kündigte jedoch einen vierten Bruder an. „Ich würde an deiner Stelle keinen weiteren Schritt machen.“

Ein weiterer Schuss ertönte und ein zweiter Bruder verlor seinen Hut. „Verdammt, das war mein bester

Hut!", rief der dürre Mann.

„Ich schlage vor, du legst dein Gewehr auf den Boden und sagst deinem verrückten Freund, dass er dasselbe tun soll, bevor ihr euch vom Truck entfernt." In der Ferne heulten Sirenen, als hinter ihm ein weiteres Knacken von trockenem Gestrüpp ertönte und sich der harte Stahl eines Revolverlaufs in seinen Rücken bohrte. „Sofort."

„Pops", rief Ian wie angewiesen, während er seine Arme weit ausbreitete, in die Hocke ging und sein Gewehr vorsichtig auf den Boden legte. „Leg deine Waffe auf den Boden."

„Keine Chance", schrie Pops zurück, ohne in seine Richtung zu blicken.

„Ich würde tun, was er sagt, alter Mann." Der Kerl grinste böse. „Es sei denn, du willst, dass ich ihm eine Kugel in den Kopf ..." Die Worte verstummten, als ein schwarzer Blitz den Arm des Bruders traf und die Waffe wegschlug.

Bevor Ian vollständig verarbeiten konnte, was passiert war, griff er nach seinem Knöchelhalfter und wirbelte mit der Waffe in der Hand herum, nur um festzustellen, dass sich der Bruder mit einem schmerzenden Arm auf dem Boden windete.

„Er hat mich so wütend gemacht." Kelly stand über dem am Boden liegenden Mann und sah Ian an. „Macht es mich zu einer schrecklichen Person, wenn ich hoffe, dass es gebrochen ist? Mehrfach?"

Ian unterdrückte ein Lachen und schüttelte den Kopf. „Nein. Nur menschlich." Ian zielte mit der Waffe auf den vierten Bruder und deutete Kelly mit seiner freien Hand an, sich hinter ihn zu stellen. „Bitte komm her und erinnere mich daran, dich niemals zu verärgern."

Kelly warf das Radkreuz außer Reichweite des Viehdiebs und eilte an Ians Seite.

Vorsichtig legte er seine Hand um ihre Taille und stieß sie sicher hinter sich. Auf der anderen Straßenseite erregten gedämpfte Stimmen seine Aufmerksamkeit. Aus dem Augenwinkel sah er, wie die verbleibenden drei Brüder ihre Waffen senkten.

Die heulenden Sirenen der herannahenden Streifenwagen übertönten alle anderen Geräusche. Ian konnte sehen, wie die Brüder ihre Hände hoch in den Himmel streckten. Erst ein paar Sekunden nachdem die Sirenen abrupt verstummt und D.J. und Reed aus ihren Autos gestürmt waren, bemerkte Ian, dass Sean und Connor von der anderen Seite herangeschlichen waren und die drei Brüder überrascht hatten.

Während Reed mit gezogener Waffe in Richtung der Männer rannte, die Onkel Sean mit vorgehaltener Waffe in Schach hielt, kam D.J. auf ihn zu. „Ich übernehme von hier. Ihr zwei kümmert euch um unsere Senioren, bevor ich genauer hinsehen muss, und sie mit geladenen Waffen herumfuchteln sehe."

Ian nickte und drehte sich zu Kelly um. Er strich mit der Rückseite seiner Fingerknöchel über ihre Wange und hielt sich zurück, sie in eine knochenbrechende Umarmung zu ziehen und sie von oben bis unten zu untersuchen, um sicherzustellen, dass sie keinen Kratzer abbekommen hatte. Am liebsten würde Ian D.J. bitten, sich allein um die alten Männer zu kümmern. Dann könnte Ian Kelly an einen sicheren, besonderen Ort wegbringen. Einen Ort nur für sie beide. Für eine sehr lange Zeit. Bis in alle Ewigkeit. War das nicht eine verdammt verrückte Art, sich zu verlieben?

KAPITEL NEUNZEHN

Das Wohnzimmer war das Zentrum vieler Farraday-Problemlösungssitzungen gewesen. Im Laufe der Jahre hatte Kelly ein paarmal voller Ehrfurcht verfolgen können, wie die Familie zusammenkam und sich gegenseitig durch eine potenzielle Krise half. Womit sie nie gerechnet hatte, war, eines Tages ihre eigene Familie im Mittelpunkt einer solchen Sitzung zu finden.

Noch überraschender war es, auf dem bequemen, alten Ledersofa mit verschlungenen Fingern an Ian Farradays Seite zu sitzen, wobei sein Daumen sanft beruhigende Kreise auf ihren Handrücken zeichnete. So mit ihm zusammen zu sein, war die Art von Verbindung, von der sie, wie jedes Mädchen, geträumt hatte. Auch wenn sie auf den Albtraum hätte verzichten können, in dem vor auf sie geschossen worden war.

Als sich der ganze Staub gelegt hatte, waren die Diebe in Gewahrsam genommen und ihr Großvater und ihr Onkel nach Hause gefahren worden. Der größte Teil des Farraday-Clans war zur moralischen Unterstützung auf die Ranch gefahren. Nun spürte Kelly nicht mehr das Gewicht der Welt auf ihren Schultern. Obwohl das höchstwahrscheinlich mehr damit zu tun hatte, wie Ian Farraday sie ansah, als mit dem Rest der Familie, die im Raum saß.

„Dann ist unser fehlendes Kalb das einzige Problem?", fragte Tante Eileen.

„Du meinst das *kranke* Kalb in der Klinik?" Beckys Worte waren nicht als Frage gemeint. Die Familie war zusammengekommen, um die ihren zu schützen. Die meiste Zeit ihres Lebens hatte Kelly sich bei den Farradays mehr wie ein Familienmitglied als eine Freundin gefühlt, aber noch nie so sehr wie heute Abend.

„Das ist richtig." Adam nickte. „Brooks hat ihn heute früh vorbeigebracht. Ich erwarte keine Probleme, es ist nur eine Erkältung. Der Kleine wird ziemlich bald wieder bei seiner Herde sein."

Die Art und Weise, wie es allen gelang, ganz entspannt die Wahrheit zu sagen, ohne dabei jemals ihre Garage oder die Eskapaden ihres Großvaters zu erwähnen, war geradezu erstaunlich. Das Ganze brachte Kelly fast zum Weinen. Aber Ians bestärkendes Drücken half ihr, nicht die Fassung zu verlieren und wie ein dankbares Baby zu heulen.

„Es ist wirklich ganz einfach." Sean Farraday beugte sich vor. „Wir haben die Beaumonts auf frischer Tat ertappt, als sie unser Vieh gestohlen haben. D.J. und Reed haben die Verhaftungen vorgenommen. Während dieser Verhaftung wurde ein weiterer Lastwagen entdeckt, der ebenfalls auf den Namen der Beaumonts registriert war und all die Rinder transportierte, die in den letzten Monaten als gestohlen gemeldet wurden. Was meinen Neffen Ian betrifft, er macht hier bei uns *nur* einen kleinen Erholungsurlaub." Mr. Farraday lehnte sich wieder zurück: „Scheint mir alles ziemlich eindeutig zu sein."

Catherine nickte. „Als Anwältin würde ich zustimmen, dass es das ziemlich genau zusammenfasst."

„Nun scheint die einzige Herausforderung darin zu bestehen, Herbert und Ralph von weiterem …" Mr. Farraday hielt inne und suchte nach dem richtigen Wort: „Unfug abzuhalten."

Tante Eileen lehnte sich über den Beistelltisch und tätschelte Kellys Knie. „Mach dir keine Sorgen. Wir werden auch das regeln. Ich habe das Gefühl, es könnte reichen, wenn wir Ruth Ann Ralph beschäftigen lassen. Alleine wird Herbert wahrscheinlich nicht so schwierig sein."

Gott, hoffte Kelly, dass Ians Tante Recht hatte.

„In Ordnung." Tante Eileen stand auf. „Zeit für ein spätes Dessert."

„Nicht für mich", sagte Sean. „Montagmorgen wird sehr früh für mich sein. Ich brauche meinen Schönheitsschlaf."

Ein paar Stimmen stimmten Tante Eileen zu, ein paar andere schlossen sich dem Familienpatriarchen an. Während die restlichen Familienmitglieder sich in die Küche verzogen, zog Ian sanft an Kellys Hand und deutete mit dem Kopf zur Hintertür.

Der Mond erhellte die hintere Veranda. Sie liebte den Frieden und die Stille, die mit einer nächtlichen Brise auf der Veranda einhergingen.

„Gehst du eine Runde mit mir?", fragte er.

Anstatt mit *bis zum Mond und zurück* zu antworten, begnügte sie sich mit einem langsamen Nicken und einem Lächeln.

Hand in Hand folgten sie dem schmalen Pfad vom Haus zur Scheune. Anstatt hineinzugehen, wie sie es erwartet hatte, nachdem sie so weit gekommen waren, führte Ian sie auf einen noch schmaleren Pfad. Nur ein paar Meter weiter setzten sie sich auf eine alte Parkbank, die unter einem der wenigen ausgewachsenen Bäume auf der Ranch stand.

„Das ist einer meiner Lieblingsplätze hier auf der Ranch. Wenn ich als kleines Kind im Sommer zu Besuch war, saß ich immer mit Tante Helen hier draußen und sie erzählte mir Geschichten über die Sonne, die Sterne und den kleinen Mann im Mond."

Kelly kicherte. Sie hatte Mrs. Farraday nie kennengelernt, aber nach all den Geschichten, die ihr die Familie erzählt hatte, war sie auch ihr schon vor langer Zeit ans Herz gewachsen. „Ich bin mir nicht sicher, ob ich die Geschichte vom Mann im Mond gehört habe. Die über die Unsterblichkeit der Krabbe, ja, aber Mann im Mond, nein."

„Vielleicht werde ich sie dir eines Tages erzählen, aber im Moment würde ich gerne über etwas anderes sprechen."

Sie war froh, dass er nichts gesagt hatte, was mehr als ein Nicken erforderte, denn ihr Mund war gerade völlig trocken geworden.

„Zuerst, bevor ich noch mehr sage, oder schlimmer noch, etwas Dummes, darf ich dich küssen?"

Überrascht von der Frage nickte sie.

„Dich wirklich küssen? Ich meine keinen es-ist-schön-eine-alte-Freundin-zu-sehen-Kuss, sondern einen Kuss eines Mannes, der sich nach dir verzehrt."

Sie nickte erneut und wünschte sich, er würde sich einfach beeilen und sie küssen, bevor sie etwas Dummes tat, wie zum Beispiel sich auf seine Schuhe zu übergeben.

Eine seiner Hände glitt sanft an ihr Gesicht und die andere legte sich um ihre Schulter und bewegte sich langsam nach oben, bis seine Finger durch ihr Haar fuhren und sie näher an sich zogen. So nah, dass sie beinahe seinen Herzschlag spüren konnte.

„Du bist so schön", murmelte er, Sekunden bevor seine Lippen sich sanft auf ihre legten und ihren Mund verehrten, wie es noch kein Mann zuvor getan hatte.

Ian fühlte sich wie ein Teenager beim seinem ersten

Date mit der Abschlussballkönigin. Sein Herz raste so schnell, dass er sich sicher war, dass sie jeden Schlag hören konnte. Die erste Berührung ihrer Lippen ließ ihn beinahe aus dem Gleichgewicht geraten. Der Druck, die Süße waren fast mehr, als er ertragen konnte, und würden doch niemals genug sein. Er ließ seine Hand von ihrem Hinterkopf gleiten und auf ihrer Schulter ruhen. Dann entfernte er sich und ließ seinen Kopf gegen ihre Stirn fallen. Er suchte nach einer Antwort und wünschte sich, sie könnten für immer so bleiben. „Ich will mehr als einen Kuss."

Ein süßes Lächeln zog an ihren Mundwinkeln. „Ich werde keinen Einspruch einlegen."

„Aber in einer Woche muss ich wieder arbeiten." Er bemerkte ihre Niedergeschlagenheit sofort. „Wenn du willst, würde ich es gerne so versuchen, zumindest für eine Weile."

„So?" Ihre Augen leuchteten wieder auf.

„Freie Tage, Überstunden. Normalerweise habe ich auch keine regulären Wochenenden, aber wenn doch, können wir damit arbeiten."

Ein zögerndes Lächeln erschien auf ihren Lippen. „Das würde mir gefallen."

Sein Finger fuhr unter ihr Kinn und hob ihr Gesicht auf seine Höhe. „Würdest du mit mir tanzen?"

„Du meinst diesen Freitag?"

Er schüttelte den Kopf, holte sein Handy aus der Tasche, wischte ein paar Apps durch, bevor er es auf die Armlehne der Bank legte. „Ich meine jetzt, unter dem Mond und den Sternen."

Die Country-Version von *Thinking Out Loud* begannen zu spielen und Kelly fiel mühelos in seine Arme. Er platzierte einen süßen, kaum wahrnehmbaren Kuss auf ihrer Schläfe und hielt sie fest, während er sie zu den sanften Tönen wiegte. Er wusste noch nicht genau, wie sie das bis in alle Ewigkeit schaffen sollten, aber er wusste, dass sie es schaffen würden, so sicher wie sein Name Ian Brian Farraday war.

Das Lied ging zu Ende. Die Rhythmen des nächsten Liedes vermischten sich mit dem letzten und Ian nahm Rascheln in einem der nahen Büsche war. Er hätte es ignoriert, wenn Kelly sich nicht leicht in seinen Armen verkrampft hätte. „Du hast es auch gehört?", fragte er.

Mit dem Kopf an seiner Schulter nickte sie. Sie lösten sich voneinander und drehten sich in die Richtung der Bewegung. Er hätte es wissen müssen. Die beiden Stadtstreuner saßen wie das Publikum eines Filmfestivals vor ihnen und beobachteten sie. Als die Tiere sowohl seine als auch Kellys volle Aufmerksamkeit hatten, winkte einer der Hunde mit der Pfote auf und ab und neigte den Kopf, als ob er ihnen ihren Segen geben würde. Auch seine Partnerin neigte ihre Schnauze in einem Nicken und gab ein kurzes Bellen von sich.

Mit einem Lächeln auf ihrem Gesicht rollte sich Kelly zurück in seine Arme und wiegte sich, ohne ein Wort zu sagen, weiter zum nächsten Lied. Für den Bruchteil einer Sekunde verzogen sich seine Lippen zu einem Lächeln. Würde seine Mutter überrascht sein, wenn sie erfuhr, dass er die richtige Frau für sich hinter Gittern gefunden hatte?

EPILOG

Noch nie in seinem ganzen Leben hatte Ian Farraday so viel gelächelt. Wenn Jamie seinen knallharten Bruder nicht mit eigenen Augen sehen könnte, würde er es nicht glauben. Der Mann leuchtete praktisch. Seinen Bruder so verdammt glücklich zu sehen, war besser als ein kaltes irisches Ale in einer heißen Nacht in Texas. Besser als der Weihnachtsmorgen für einen sechsjährigen Jungen, der sich auf sein erstes Fahrrad freute. Besser als ... besser als alles andere.

Im letzten Monat war er jedes Wochenende für ein bisschen Zeit mit der Familie zum Haus seiner Tante und seines Onkels gekommen. Und zu seiner großen Überraschung hatte es Ian, der normalerweise immer damit beschäftigt war, Kriminelle zu fangen, geschafft, jede Woche bis auf einen einzigen Sonntag zum Abendessen in der Stadt aufzutauchen. Die ganze Situation war faszinierend. Sein normalerweise ernster Bruder, bei dem sich alles nur um den Job drehte, taumelte ins glücklich-bis-an-ihr-Lebensende. Ein verdammt schöner Anblick.

Jamie war nicht viel anders als sein Bruder. Er mochte Frauen, sehr sogar, aber Barkeeper zu sein, war nicht gerade förderlich für langfristige Beziehungen, ganz zu schweigen von Heim und Herd. Laut Ian war es in der Strafverfolgungsbehörde nicht anders. Aber anscheinend hatte es nur der richtigen Frau bedurft, um seinen Bruder eine andere Melodie singen zu lassen.

„Oh mein Gott", schwärmten seine Mutter und Tante Eileen im Chor.

Kelly stand im Wohnzimmer und schmiegte sich an Ians Seite. Sie waren von einem frühen Abendessen in Butler Springs zurückgekommen – eine Fahrt, die Jamie den Einwohnern von Tuckers Bluff hoffentlich bald ersparen würde – und hatten sich eine gute Viertelstunde mit den beiden unterhalten, bevor Kelly ihre Hand bewegte und die beiden Glucken vor Freude quietschten.

Sein kleiner Bruder war schnell. Ians Heimatbasis, die C-Kompanie der Texas Ranger, war nur ein paar Stunden von der Ranch in Tuckers Bluff entfernt. Seit seinem Urlaub und der aufblühenden Romanze mit Kelly war es für ihn üblich geworden, sich an seinen freien Tagen oder Wochenenden in die Stadt zu schleichen.

„Er ist einfach schön." Alle Frauen der Familie schwebten über dem Ring und schossen gleichzeitig mit ihren Fragen heraus: „Habt ihr schon ein Datum ausgesucht? Wo werdet ihr wohnen? Du verlässt uns aber nicht? Ziehst du um?" Jamie war sich nicht sicher, wer was gesagt hatte, aber offensichtlich war niemand im Raum enttäuscht.

„Das habe ich nicht kommen sehen." Sein Onkel Sean trat näher und gab den Verlobten mehr Raum für Umarmungen und Glückwünsche.

„Wirklich?" Als Jamie von seiner Mutter hörte, dass Ian und Kelly letztes Wochenende zum Sonntagsessen in Austin aufgetaucht waren, wusste er, dass das süße Mädchen, das zusammen mit seiner Schwester Hannah und seiner Cousine Grace aufgewachsen war, bald seine Schwägerin sein würde.

Onkel Sean nahm einen kurzen Schluck von seinem üblichen Glas Milch nach dem Abendessen.

„Ich wusste, dass Kelly die Richtige war, aber ich hätte nicht so schnell eine Verlobung erwartet."

Jamie hatte das nicht überrascht. Wenn Ian etwas wollte, verfolgte er es mit aller Macht. Es war nur eine Sache, die ihn zu einem guten Ranger machte. Wenn Jamie darüber nachdachte, hatte fast jeder in der Familie dieselbe Eigenschaft. Entschlossenheit war in der Farraday-DNS stark ausgeprägt.

„Sieht so aus, als wärst du der Einzige, der durchhält." Adam legte einen Arm um Jamie und hob seine Bierflasche.

„Du lässt das wie etwas Schlechtes klingen", neckte Jamie. Er war glücklich mit seinem Leben und der neuen Richtung, die er einschlug. Eines Tages wollte er ebenfalls, was seine Cousins gefunden hatten, aber er hatte keine Eile. Das aufstrebende Pub in Tuckers Bluff würde vorerst seine Zukunft sein.

„Oh, oh." Onkel Sean klopfte Jamie auf den Rücken. „Da kommt deine Tante."

Vor diesem Gespräch gab es kein Entkommen. Wie Adam gesagt hatte, war er der Letzte, der ausharrte. Dieses ganze Haus und Herd und Früchte seiner Lenden sollten ihm auf einem Silbertablett serviert werden. Keiner hatte auch nur daran gedacht, dass seine Tante ihn, bei all den Hochzeiten und Babys um sie herum, vergessen würde.

„Ich schätze, das macht dich zum letzten Texas-Farraday, der noch an seinem Junggesellendasein festhält." Tante Eileen stellte sich auf die Zehenspitzen und gab ihrem Neffen einen Kuss auf die eine Wange und einen Klaps auf die andere.

„Sieht so aus."

„Weißt du, es hat seine Vorteile, mit einer guten Frau sesshaft zu werden." Sie wandte sich an Adam. „Nicht wahr?"

Heim und Herd.

Adam grinste wie ein Idiot. „Und ob.“

Alle von Jamies Cousins zeigten dieses kitschige Grinsen. Und sie alle hatten sich in kluge und sogar etwas kecke Frauen verliebt. Kein Wunder also, dass sie alle so glücklich waren.

„Und hast du jemals etwas so Süßes gesehen wie Stacey, die mit ihrer Cousine spielt?“

Frucht seiner Lenden. „Vermutlich nicht.“ Er lächelte seine Tante an und zog sie in eine feste Umarmung. „Ich liebe dich wirklich und ich verspreche dir, eines Tages werde ich dieses Mädchen finden und Stacey kann mit jeder meiner Früchte spielen.“

„Deinen was?“ Tante Eileen legte den Kopf in den Nacken, um ihn besser sehen zu können.

„Kinder. Tut mir leid. Kinder.“

„Klingt entzückend.“ Sie verstärkte ihren Griff um seine Taille und lächelte. „Warte nur nicht, bis du zu alt bist, um zu sehen, was direkt vor dir steht.“

Keine Sorge. Seine Sehkraft betrug zweihundert Prozent und im Gegensatz zu den meisten seiner Cousins würde er keine Hunde brauchen, weder ausgewachsene noch Welpen, die ihm halfen, seine Seelenverwandte zu finden. Er kicherte bei dem Gedanken. Nach all diesen Jahren und ein paar knappen Sachen könnte es eher einer Tonne Ziegelsteine bedürfen.

EXCERPT: JAMISONS

KÖSTLICHE VERSUCHUNG

Timing war alles, und jetzt war die Zeit gekommen.

Bröckelnder Putz, Staub, Schimmel und abgestandene Luft vermischten sich und erzeugten den süßesten Geruch auf der Welt. Jamison Farraday umklammerte die Schlüssel zu dem alten Gebäude – einem Etablissement, das ganz ihm gehörte. Nun, nicht ganz ihm, aber er würde der Manager sein. Das Konzept, die Vorarbeit, die Pläne, das alles war von ihm. Genährt durch jahrelanges Beobachten, Lernen, Arbeiten und Sparen. Finanziert von einem der erfolgreichsten Konglomerate in der Bar- und Nachtclubbranche.

„Bist du dir hierbei ganz sicher?" Ian, sein Bruder, und D.J., sein Cousin, schlugen sich mit den Armen durch Vorhänge aus Spinnweben und bahnten sich ihren Weg durch das verlassene Geschäft.

„Ich war mir in meinem ganzen Leben noch bei nichts so sicher wie bei dieser Sache."

Ian lächelte seinen älteren Bruder an. „Wenn ich dich nicht besser kennen würde, hätte ich gesagt, dass du den Verstand verloren hast, aber ich schätze, das wird nicht das letzte Mal sein, dass du uns kurzsichtigen Sterblichen das Gegenteil beweist."

Die Unterstützung seiner Familie zu haben, war wahrscheinlich der beste Grund, warum er es gewagt hatte zu träumen, Risiken einzugehen und sich bei jedem Job in der Branche den Hintern aufzureißen, bis er sicher war, dass er seinen großen Traum verwirklichen konnte. Ein familiäres Irish Pub.

„Du weißt, dass Mabel Berkner bereits eine Petition startet, um gegen den Entscheid zur Ausgabe von Schanklizenzen in diesem County Berufung einzulegen." D.J. wischte sich den Staub von den Händen. „Nicht, dass sie damit sehr weit kommen wird, aber sie ist nicht die Einzige in der Stadt, die sich dagegen sträubt."

„Ich habe mit ein wenig Kritik gerechnet, aber bis wir hiermit fertig sind und eröffnen können, werden sich alle wieder beruhigt haben und ihrer normalen Arbeit nachgehen, falls die Kriminalitätsrate nicht wegen unseres", Jamison legte einen starken Südstatten-Akzent auf, „*üblen Einflusses* über Nacht in die Höhe schießt."

„Also, wie genau sehen deine Pläne?" D.J. ging umher und betrachtete die freigelegten Dachsparren.

„Der Architekt, den wir für das Projekt ausgewählt haben, bringt gerade die letzten Änderungen zu Papier. Die endgültigen Pläne sollten jetzt jeden Tag fertig sein. Wenn alle Genehmigungen vorliegen, werden die Geldgeber nach der Absichtserklärung den nächsten Schritt einleiten und den endgültigen Vertrag mit Mr. Thomas unterschreiben. Dann dauert es nur noch ein paar Wochen, bis alles notariell beglaubigt wird. Ich kann es kaum erwarten, bis die Baufirma kommt. Alles reinigt und wiederaufbaut."

„Ich kann es schon sehen." Ian blieb stehen, sah sich um und nickte. „Das kann ich wirklich. Rustikale Kiefernwände?"

Jamie nickte.

„Tanzfläche?", fragte D.J..

Wieder nickte Jamie. Sein Lächeln zog sich weiter seine Wangen hinauf. Er hatte alles ausgearbeitet. Einschließlich einer Aufstellung der besten Craft-Biere in Texas. Ein Unternehmen, das kurz vor der Expansion stand, sprach sogar davon, hier, weg von der überfüllten Stadt, eine Brauerei zu eröffnen.

Ians Mundwinkel wölbten sich nach oben und legten die Grübchen frei, von denen alle Mädchen immer schwärmten. „Irische Musik?"

„Oh ja." Jamie grinste seinen Bruder an.

D.J. kicherte. „Wenn Onkel Brian dann nicht jedes Wochenende hier auftaucht und mit Dad singt, ist Saint Patrick kein Ire."

„Ich zähle darauf, dass mehr Leute so denken." Jamison klopfte seinem Cousin auf den Rücken. „Ich wünschte, das ganze rechtliche Zeug wäre schon erledigt. Mir juckt es schon seit Monaten in den Fingern, mit der Arbeit zu beginnen, und jetzt ist alles so nah."

„Konzept, Design und jetzt die Bauarbeiten, bevor sich die Türen überhaupt öffnen. Klingt, als würdest du bei diesem Projekt eine Menge Funktionen ausüben." Adam Farraday trat über die Schwelle. „Auf dem Weg zurück in die Klinik habe ich gesehen, dass die Tür offensteht. Schmeißt ihr ohne mich eine Party?"

„Daran würde ich nicht einmal denken", antwortete Jamie und warf einen Blick auf die Versandhülse im Arm seines Cousins. „Was ist das?"

„Oh, Maggie von der Post hat mich gebeten, dir das zu geben."

„Die Pläne." Jamie konnte die Verpackung nicht schnell genug öffnen.

Adam stand Schulter an Schulter neben seinem Bruder. „Für das Lokal?"

„Ja." Jamie hockte sich auf den Boden und entrollte die Pläne.

Sein Bruder schwebte hinter ihm. „Warum haben sie sie nicht einfach per E-Mail geschickt?"

„Ich weiß nicht." Jamie studierte die architektonische Darstellung. „Seltsam."

„Du blickst so finster drein." Ian kam näher. „Was ist los?"

Jamie schüttelte den Kopf. Er musste sich die falschen Pläne ansehen. Er drehte die Zeichnung, um die Vorderseite des Ladens mit der Oberseite der Pläne auszurichten. Er irrte sich nicht. Nichts war so angelegt, wie es der Planungsausschuss und der Architekt ursprünglich besprochen hatten und wie er und die Geldgeber es vereinbart hatten. „Das sieht nicht einmal wie ein Pub aus." Er zeigte auf den hinteren Teil der Zeichnung. „Da sollte die Tanzfläche sein."

„Ich bin kein Architekt", D.J. beugte sich weiter vor, „aber es scheint in dieser Zeitung nirgendwo auch nur annähernd so etwas wie eine Tanzfläche zu geben."

„Das liegt daran, dass es auch keine gibt. Wo Platz zum Tanzen sein sollte, ist jetzt eine offene Küche." Jamie hatte genug in Bars und Restaurants gearbeitet, um das Konzept zu erkennen. Er blickte in die Ecke der Zeichnung. Über der Maßstabsangabe und dem Namen des Architekten standen die Straße und der Ort des Projekts. So weit so gut. Doch dort stand nicht der Name seines Pubs. Was zum … *Hemingway's International Grill.*

„Deinem Gesichtsausdruck nach zu urteilen", Ian streckte sich, „ist dir das neu?"

Jamie tippte auf seinem Telefon herum, hielt es ans Ohr und nickte.

„Ist es so schlimm?", fragte Jan.

„International", murmelte Jamie. „Diese Stadt ist kein Ort für ein Franchiserestaurant."

D.J. blickte von seinem Cousin zu seinem Bruder. „Ich nehme an, das ist nicht viel schlimmer als *irisch*.“

„Ernsthaft?“ Jamie starrte seinen Cousin an. Bevor er noch ein Wort sagen konnte, schaltete sich die Mailbox dazwischen. „Danke, dass Sie Crocker International angerufen haben …“

„Wie in Betty Crocker?“, fragte Ian mit großen Augen.

Jamie schüttelte den Kopf und murmelte: „Nicht verwandt.“ Die Aufnahme endete und der Piepton signalisierte, dass er jetzt sprechen konnte. Er hätte viel lieber persönlich mit Jeff Nimbus gesprochen, aber das musste reichen. „Jeff, hier spricht Jamison Farraday. Ich habe gerade die Blaupausen fürs *The Public House* erhalten und sie sind mit *Hemingway‘s* gekennzeichnet. Ruf mich an, wenn du eine Minute Zeit hast.“

„Beiß mir nicht den Kopf ab“, Ian streckte ihm die Hand entgegen, „aber gibt es einen Grund, warum ein Irish Pub besser in diese Stadt passt als ein Grillrestaurant?“

„Ein Irish Pub ist im Grunde nichts anderes als Abbies kleines Stadtcafé, nur mit Akzent. Und in unserem Fall lokalen Weinen und, wenn alles gut geht, Bieren und natürlich Tanzen. Pubs sind Kneipen für normale Menschen. Die Leute kennen sich. Männer trinken etwas und erzählen Geschichten, die seit Ewigkeiten in den Familien weitergeben werden. Jung und Alt treffen sich.“

„Das ist ein gutes Argument.“ Adam zuckte mit den Schultern. „Wenn man Schnaps und Tanzen weglässt, klingt es sehr nach einem Café.“

„Natürlich ist es ein gutes Argument. Jede Kleinstadt in Irland hat ihr eigenes gut laufendes Pub. Dasselbe würde hier zutreffen, nur dass Tuckers Bluff nicht mehr so klein ist. Wir wachsen.“

„Mit all der Werbung, die das County für die

umliegenden Geisterstädte, das Weingut, das die Bradys bewirtschaften, und das Krankenhaus in der Stadt gemacht hat, wachsen wir schneller als jede andere Kleinstadt in West-Texas. Und merkt euch meine Worte, wenn die Leute, die auf halbem Weg nach Butler Springs leben, die Wahl haben, werden sie hierher ins Pub kommen, um ein bisschen zu tanzen und ein oder zwei Drinks zu sich zu nehmen, anstatt den ganzen Weg nach Butler Springs zu fahren, um das Gleiche zu tun."

D.J. legte seine Hand in seinen Nacken. „Ich gebe zu, wenn International das Codewort für ausgefallen und teuer ist, dann hat Jamie Recht. So einem Laden werden die Leute nicht die Türen eintreten."

„Es ist sogar noch schlimmer." Jamie fuhr sich mit den Fingern durchs Haar und ließ dann seine Hand über seinen Nacken gleiten. „Könnt ihr euch die feinen Bürger von Tuckers Bluff beim Sushi-Essen vorstellen?"

„Sushi?" Adams Stirn legte sich in Falten. „Was hat Hemingway mit Sushi zu tun?"

„Der Mann, nichts, aber das Restaurant serviert alles, was trendy ist. Sie haben ihren Sitz in Kalifornien und sind letztes Jahr nach Austin und Dallas expandiert. Sie richten sich an urbane Millennials." In seiner Hemdtasche summte sein Telefon. Als Jamison die Nummer erkannte, war er überrascht, so schnell eine Antwort von Nimbus zu erhalten. „Hallo."

„Hey, ich war in einer Telefonkonferenz. Sind das nicht großartige Neuigkeiten?"

„Großartige Neuigkeiten?"

„Ja. Babcock Foods will bei uns einsteigen. Wir haben einen großartigen Deal ausgehandelt. *Hemingway's* ist schwer in Mode."

„In Los Angeles auf jeden Fall. Vielleicht sogar in Dallas, aber es passt nicht nach West-Texas."

„Unsinn. Unsere Recherchen zeigen –"

„Du meinst meine Recherchen."

„Nein, Jamison. Unsere Merchandising-Abteilung hat eine Marktanalyse durchgeführt. Deine Idee mit dem Pub ist gut."

Besser als gut, aber es machte keinen Sinn, das jetzt zu wiederholen.

„Und ohne Babcock Foods hätten wir das auch durchgezogen. Aber Babcock hat sehr tiefe Taschen und mit dieser Allianz kann Crocker auf die Restaurantseite der Branche vordringen. Wenn Babcock ein *Hemingway's* in Tuckers Bluff haben will, werden sie es bekommen."

Das war nicht gut. „Jemand muss dem Vorstand erklären, dass jetzt nicht der richtige Zeitpunkt ist, um –"

„Es ist beschlossene Sache, Jamie. Kommenden Montag werden die Abschlusspapiere unterschrieben. Die Frage ist, ob du immer noch ein Teil davon sein willst?"

Von morgens bis abends auf den Beinen zu stehen, war Abbies Realität. Eine, mit der sie und ihre sündhaft teuren Schuhe vor sehr langer Zeit Frieden geschlossen hatten.

„Hier, trink das." Frank, der Koch, stellte ihr einen warmen Becher hin. „Es wird nicht viel für deine Füße tun, aber es wird deiner Stimmung helfen." Ein Mundwinkel des Mannes verzog sich zu einem frechen Grinsen. „Ich habe etwas von deinem Spezialvorrat hineingetan."

Sie bewahrte immer eine Flasche Baileys unter der Theke auf, falls gelegentlich Kunden nach einem besonders harten Tag etwas Stärkeres in ihrem Kaffee brauchten. Sie selbst war nicht so sehr von dem Geschmack überzeugt, es sei denn, er war tief in etwas Schokoladigem vergraben, was Frank wusste. Es bedurfte nicht viel mehr als einen Spritzer, um den gewünschten Zweck zu erfüllen – sie zum Lächeln zu bringen.

Sich um sie zu kümmern, war im Laufe der Jahre zu einem festen Bestandteil von Franks Routine geworden. An manchen Tagen brauchte sie nicht so viel Pflege wie an anderen, aber sie schätzte es, schätzte ihn. Ein weiterer langsamer Schluck des schokoladigen Gebräus glitt ihr den Gaumen hinunter. „Genau das, was ich gebraucht habe."

„Was du brauchst", Frank trat zurück und stellte sich hinter den Grill, „ist ein freier Tag. Ein richtiger freier Tag. Oder zwei."

Dies war weder das erste noch das letzte Mal, dass sie diesen Rat hörte. „Du klingst wie eine kaputte Schallplatte."

„Das macht es nicht weniger wahr."

„Sagt das der Stein, der ins Glashaus fliegt?" Der Mann arbeitete jede Schicht mit ihr zusammen. Sie hatte versucht, einen Teilzeitkoch einzustellen, um Frank eine Pause zu verschaffen, aber das hatte den mürrischen Marine nur noch mürrischer gemacht als zuvor. Am Ende war er wieder der Alleinherrscher seines Küchenreichs.

Widerstrebend stellte sie die Tasse ab, nachdem sie einen weiteren Schluck genommen hatte, und genoss noch einen Moment länger die Entspannung. Der Ansturm zum Abendessen würde bald beginnen, und auch wenn Shannon, die Kellnerin der Abendschicht, ihren Job wirklich gut erledigte, musste Abbie aus der Küche raus und helfen.

„Du machst dir Sorgen, nicht wahr?" Frank stellte

gerade eine Bestellung zusammen und machte sich nicht die Mühe aufzublicken.

Sie blies auf das warme Getränk, obwohl es nicht mehr so heiß war. „Weswegen sollte ich mir Sorgen machen?"

„Du könntest dir auch eine Schanklizenz holen."

„Das ist ein Café, kein Nachtclub." Außerdem ging das Gerücht um, dass der Stadtrat darüber nachdachte, die Anzahl der Schanklizenzen zu begrenzen, um Mabel Berkner bei Laune zu halten. Die Hingabe dieser Frau, das County trocken zu halten, hätte ihre abstinenten Vorfahren sehr stolz gemacht.

„Eine Tanzfläche würde nicht schaden. Zumindest eine kleine." Er klingelte, damit Shannon die Bestellung abholte.

Sie hatten dieses Gespräch schon ein paarmal geführt. Das erste Mal, als sich herumgesprochen hatte, dass hier in der Stadt ein Supper Club aufmachen sollte. Dann erneut, als in Tuckers Bluff per Bürgerentscheid die Ausgabe von Schanklizenzen beschlossen wurde, wodurch das County attraktiver für Konkurrenz wurde. Besorgt oder nicht, sie war fest entschlossen, das Café nicht zu verändern. Sie stieß sich von der Edelstahltheke ab, gegen die sie sich gelehnt hatte, und atmete kurz aus. Wenn sie nur die erschwerenden Umstände des Lebens ebenso einfach loswerden könnte, wie ihren verbrauchten Atem. „Das bringe ich raus."

Frank hob sein Kinn, um über das glänzende Metall auf der Tellerablage vor sich zu sehen, blickte ihr in die Augen, aber sagte kein weiteres Wort. Das musste er auch nicht. Sie konnte die Sorge in seinen Augen sehen. Nicht, dass er einen Grund dazu hätte. Heute war es nicht anders als an jedem anderen Tag in den letzten Jahren. Nur in einer Sache hatte er recht. Sie war müde. Nicht nur von einer Sechseinhalbtagewoche nach der anderen. Es war die Art von Müdigkeit, die ein Herz vom Träumen abhielt, und nach all den Jahren wollte sie wieder träumen.

„Ich werde ehrlich sein.“ Jamies Onkel Sean rieb sich das Kinn. „Ich habe nie verstanden, warum du bei einer Idee, von der du so überzeugt bist, und bei der du die Hauptarbeit leistest, jemand anderen den größten Teil der Einnahmen einstreichen lässt.“

„Das ist einfach.“ Catherine, die Frau seines Cousins Connor, mischte sich ein. „Wegen Geld. Ein Restaurant zu bauen, wo vorher keines war, ist ein extrem teures Unterfangen. Man muss die Betriebskosten für mindestens sechs Monate aufbringen, bis der Kundenstamm so stark gewachsen ist, um die Kosten zu decken, ganz zu schweigen davon, Gewinne zu erzielen. Rücklagen für ein Jahr wären sogar noch besser. Und dann gehört in diesem Fall auch noch der Kauf der Immobilie dazu, naja …“

„Über wie viel Geld sprechen wir?“ Sein Cousin Finn, der jüngste der West-Texas-Farraday-Brüder, ließ seinen Knöchel über sein Knie fallen und nahm einen Schluck von seinem Bier.

„Nein.“ Jamie übersprang die Antwort der ursprünglichen Frage und ging direkt zur nächsten über, von der er wusste, dass sie kommen würde. Egal wie zuversichtlich er war, er würde nie das Geld seiner Familie aufs Spiel setzen. Aus diesem Grund hatte er seinen Verwandten in West-Texas nichts von dem Deal gesagt, bis er nur noch einen Katzensprung von der Unterzeichnung, der Beglaubigung und der Übergabe entfernt war.

„Ein Kauf ganz ohne Geld?“ Finns Frau Joanna

setzte sich auf die Armlehne neben ihrem Mann und grinste Jamie an. Als Vollzeitautorin hatte die Frau einen interessanten Sinn für Humor – und Ironie – und konnte die Familie genauso gut aufziehen und ärgern wie die leiblichen Mitglieder des Farraday-Clans.

Tante Eileen stand von ihrem Platz auf dem Sofa neben seinem Onkel auf und ging zu Jamie hinüber. Als seine Tante diesen entschlossenen Ausdruck in ihren Augen bekam, wusste er, dass seine Chancen besser standen, am Verladetag durch einen Rinderpferch zu gehen, ohne auf einen Kuhfladen zu treten, als der Naturgewalt Eileen standzuhalten.

Als er sich in dem Raum umsah, dämmerte ihm, dass fast all seine Verwandten denselben Ausdruck auf ihren Gesichtern hatten. Ob sie als Farraday geboren oder angeheiratet waren. Als seine Cousins aus der Stadt und ihre Partnerinnen mitten in der Woche zu einem Familienessen erschienen waren, hätte ihm klar sein müssen, dass es bei dem Besuch um mehr ging als nur um warmes Essen und ein wenig moralische Unterstützung. Etwas anderes braute sich zusammen.

Tante Eileen legte ihre Hand auf seinen Unterarm. „Wir haben geredet.“

„Wann?“ Abgesehen von der Zeit, die es kostete, von der Stadt zur Ranch zu fahren, war Jamie den ganzen Abend bei seiner Tante und seinem Onkel gewesen.

Sie zuckte mit den Schultern. „Ich nehme an, das Gespräch begann, als du zum ersten Mal erwähnt hast, dass du ein Pub in Tuckers Bluff eröffnen willst.“

„Ich dachte, du hättest den Verstand verloren.“ Onkel Sean kicherte. „Dann habe ich angefangen, den Gesprächen in der Stadt etwas genauer zuzuhören. Ich habe darauf geachtete, wie viele Leute nach Butler Springs fahren, um an einem Freitagabend essen zu gehen oder das Tanzbein zu schwingen. Es sind mehr als ich gedacht hatte, das kann ich dir sagen.“

Tante Eileen verdrehte die Augen, als sie ihren Schwager ansah. „Nur weil du ein Stubenhocker bist, heißt das nicht, dass der Rest der Welt das auch ist.“

„Seit wann ist es etwas Schlechtes, Familienmensch zu sein?“ Onkel Sean runzelte die Stirn.

„Auch Familienväter dürfen mal aus dem Haus gehen.“

„Ich gehe aus dem Haus.“

Tante Eileen winkte ihrem Schwager mit dem Finger zu und ihr Mund klappte auf. „Die Scheune gilt nicht als …“

Ein lautes Pfeifen durchbohrte die Luft und unterbrach das Gespräch. Finns Finger glitten von seinen Lippen. „Können wir uns bitte konzentrieren?“

Meg, Adams Frau, warf Finn ein breites anerkennendes Grinsen zu, bevor sie den unterbrochenen Gesprächsfaden wieder aufnahm. „Denkt nur an unseren allwöchentlichen Mädelsabend. Wir geben nicht nur Geld für Essen oder Unterhaltung aus, wenn wir nach Butler Springs fahren, sondern auch für Benzin. Allein die Spritkosten, ganz zu schweigen von der Zeitersparnis, würden eine Menge Leute in ein neues Nachtlokal bringen.“

D.J. beugte sich vor und stützte seine Unterarme auf seine Knie. „Ich gebe zu, ich war etwas besorgt darüber, was das für Abbie bedeuten würde. Ehrlich gesagt glaube ich, dass sie sich auch ein bisschen Sorgen macht, obwohl sie es nicht zugeben will. Aber Dad hat Recht. Diese Stadt und die Leute in der Nähe geben viel Geld aus, um bis nach Butler Springs zu fahren. Solange sich das Angebot von dem unterscheidet, was Abbie anbietet, denke ich, dass zwei Möglichkeiten zum Abendessen kein Problem darstellen werden.“

„Was ist mit Mittagessen?“, fragte Becky, D.J.s Frau.

Jamie schüttelte den Kopf. „Nicht rentabel." Obwohl er wegen der neuen Richtung, die Crocker einschlagen wollte, keine Ahnung mehr hatte, was die Absichten des Konzerns waren.

„Du schaust so finster drein." Tante Eileens Augenbrauen zogen sich zusammen, um sich seinen anzupassen. „Was denkst du?"

Seine jüngsten Bedenken über die Auswirkungen von Crockers möglichen neuen Plänen wollte er noch nicht weiter ausführen. An diesem Punkt musste er sich auf das konzentrieren, von dem er wusste, dass es funktionieren würde. „Zunächst wäre das Pub nur für verlängerte Wochenenden geöffnet. Donnerstag bis Sonntag. Kein Mittagessen. Keine großen Auswirkungen auf das Café."

Mehr musste er nicht sagen. Mehrere Männer, die aus demselben Genpool stammten, rückten vor oder zurück, aber alle bissen die Zähne zusammen und nickten.

D.J. holte tief Luft. „Und es gibt keine Garantien, was die Geldgeber jetzt tun werden?"

Jamie schüttelte den Kopf. Er hätte es besser wissen müssen, als anzunehmen, dass er der Einzige im Raum war, der die Puzzleteile zusammensetzte. „Wenn sie den Deal nicht wie ursprünglich geplant durchführen, ist nicht abzusehen, was sie sonst noch tun oder nicht tun werden."

„Ich bin nicht in der Immobilien- oder Restaurantbranche tätig", Onkel Sean blickte zu seinem Neffen, „aber dieses Gebäude ist dieser Stadt ein Dorn im Auge und steht leer, seit der Futterladen vor fast zwei Jahrzehnten auf die andere Straßenseite verlegt wurde. Nicht viele Leute brauchen einen Gebäude dieser Größe, und der alte Jake Thomas verlangte von jedem, der Interesse zeigte, ein königliches Lösegeld. So wie ich es sehe, war er überhaupt nicht ernsthaft an einem

Verkauf interessiert, bis du das Angebot vorgelegt hast.

In den Worten seines Onkels lag ein Körnchen Wahrheit. Jamie wusste mit Sicherheit, dass der alte Thomas das Gefühl hatte, er würde den Farradays etwas schulden, weil sie seinen Sohn vor dem Gefängnis bewahrt hatten. Wobei es natürlich auch am Timing gelegen haben könnte und der alte Mann langsam alle Immobilien abstoßen wollte, wie zuvor schon den Futterladen, den er an Grace' Ehemann verkauft hatte. Unabhängig davon, was auch immer der Grund für den Sinneswandel des alten Thomas war, Jamie war Feuer und Flamme gewesen. *War* Feuer und Flamme gewesen.

„Tatsächlich", meldete sich Adam zu Wort, „geht das Gerücht um, dass der alte Mann ohne die Beteiligung eines Farradays nicht verkaufen wird."

Das ließ Jamies Ohren aufhorchen. „Wo hast du das gehört?"

Grace' Ehemann Chase lächelte und hob einen Finger. „Ich habe vielleicht ein oder zwei Samen gesät, als ich heute Nachmittag mit Jake gesprochen habe. Ich erwähnte, dass ich verstehen könnte, dass es ihn stören würde, zu hören, dass Jamie erwägt, aus dem Projekt auszusteigen. Vielleicht sind die Worte *die neuen Pläne sind zum Scheitern verurteilt* gefallen, zusammen mit *die Leute aus der Gegend vertrauen Fremden nur ungern, wenn niemand aus der Stadt sie unterstützt*."

„Nicht schlecht, Göttergatte." Grace beugte sich vor und küsste Chase auf die Wange. Sie wusste genau wie Jamie, dass das Vorhaben von Crocker auf Dauer immer niedrigere Gewinne einfahren würde. „Gar nicht schlecht."

„Hey", er strich ihr mit den Fingerknöcheln übers Kinn, „ich habe vielleicht das Leben an der Wall Street aufgegeben, aber das heißt nicht, dass ich vergessen habe, wie man dieses Spiel spielt."

Spiel. Konnte er wirklich in Erwägung ziehen, was seine Familie für ihn arrangierte? Den Laden selbst zu kaufen? Sein einfaches Leben als Single hatte es ihm ermöglicht, etwas Geld zu sparen. Nichts genug, um eine Investition wie diese alleine zu tätigen, ansonsten hätte er sich nicht auf Geschäftsmanager für ein Unternehmens mit Crockers Erfolgsbilanzen eingelassen. Geschäftskredite hatte er als Option ausgeschlossen. Bei der Summe Geld, die er brauchte, könnte ein Darlehen lähmend wirken, wenn es darum ging, das Geschäft von Grund auf aufzubauen. Und selbst wenn er bereit wäre, diese Risiko einzugehen, bräuchte er mehr Sicherheiten. Und die hatte er nicht.

„Wusstest du, dass der alte Thomas einer Privatfinanzierung zugestimmt hat, als ich den Futterladen gekauft habe?"

„Ich würde das Gebäude darauf verwetten, dass die Banken bereit wären, dir das Geld für den Umbau zu leihen", warf Meg ein. „Vielleicht habe ich sogar noch ein paar Verbindungen, die helfen können."

Er hatte vergessen, dass sie früher ein Hotel und ein Restaurant geführt hatte, als sie noch in Dallas gelebt hatte. Trotzdem war die ganze Idee einfach verrückt. Selbst mit seinen Ersparnissen und einigen guten Verbindungen und einer Privatfinanzierung durch den alten Thomas, wäre das Gebäude als Sicherheit nicht sehr attraktiv.

„Nun, ich denke, in diese Stadt zu investieren, ist eine kluge Idee." Onkel Sean warf seinem Neffen einen strengen Blick zu. „Ich wäre bereit, für einen Anteil an dem Gebäude auszuhelfen, und ich denke, dein Vater ebenfalls."

Ein paar Stimmen überschlugen sich mit Kommentaren, dass ihnen das Geld nur ein Loch in die Tasche brennen würde. Er wusste, dass sie nicht logen. Er hatte Ersparnisse und wusste, dass die Banken miserable

Zinsen zahlten. Und er wusste auch, dass es nicht die Art der Farradays war, ihre Lebensersparnisse leichtfertig zu riskieren.

„Und bevor du denkst, das ist nur eine dumme Laune", Onkel Sean winkte ihm mit dem Finger zu, „daran ist eine Bedingung geknüpft."

„Bedingung?" Er hatte nicht einmal zugestimmt, die Familie helfen zu lassen, und sein Onkel sprach bereits von Bedingungen.

„Lass mich raten." Adam sah zu seinem Vater. „Du willst dass das Lokal *Farraday's* heißt."

„Nun, das macht Sinn." Tante Eileen schimpfte fast mit ihrem ältesten Neffen.

„Eigentlich", Onkel Sean sprach Jamie direkt an, „braucht ein gutes Irish Pub einen guten irischen Namen."

„Und *Farraday's* ist nicht irisch?", murmelte Tante Eileen.

„Ich dachte an etwas Älteres", Onkel Sean beugte sich vor, „*O'Fearadaigh's*."

ÜBER CHRIS KENISTON

Chris Keniston ist Autorin von vierzig zeitgenössischen Romanen und lebt mit ihrem Mann, zwei menschlichen Kindern und zwei Hundekindern in einem Vorort von Dallas. Obwohl sie beide Hunde gleichermaßen liebt, gibt sie zu, eine ganz besondere Bindung zu ihrem Deutschen Schäferhund aus dem Tierheim zu haben. Schließlich verdienen auch Hunde ein Happy End.

Auf www.chriskeniston.com erfahren Sie mehr über Chris Keniston und ihre Bücher.

Folgen Sie Chris Keniston auf Facebook unter dem Namen ChrisKenistonAuthor und auf Twitter unter dem Namen @ckenistonauthor.

MEHR BÜCHER

VON CHRIS KENISTON

Weitere Bücher der Farraday-Country-Reihe:

Adams geheimnisvolle Braut
Brooks' verbotene Sehnsucht
Connors Herzenswunsch
Declans überraschende Begegnung
Ethans Himmel auf Erden
Finns zweite Chance
Graces trautes Heim
Hannahs edler Ritter
Ians Gefühlschaos
Jamisons köstliche Versuchung

www.ingramcontent.com/pod-product-compliance
Lightning Source LLC
Chambersburg PA
CBHW020814190726

48285CB00006B/2275